경성대학교
한국한자연구소 한자학 교양총서 09

한자로 읽는 동양고전-推己及人

이 저서는 2018년 대한민국 교육부와 한국연구재단의 지원을 받아 수행된 연구임
(NRF-2018S1A6A3A02043693)

경성대학교 한국한자연구소 한자학 교양총서 09

한자로 읽는 동양고전 -推己及人

허 철 이선희

역락

발간사

경성대학교 한국한자연구소는 2018년 한국연구재단 인문한국플러스(HK+) 지원사업(과제명: 한자와 동아시아 문명 연구-한자로드의 소통, 동인, 도항)에 선정된 이래, 한자문화권 한자어의 미묘한 차이와 그 복잡성을 고려한 국가 간 비교 연구를 수행해 왔습니다. 이 총서는 그간의 연구 성과를 대중에게 전하고 널리 보급하는 목적으로 기획되었습니다.

우리 연구소의 총서는 크게 연구총서와 교양총서로 나뉘어져 있습니다. 연구총서가 본 연구 아젠다 성과물을 집적한 학술 저술이라면, 교양총서는 연구 성과의 대중적 확산을 위해 기획된 시리즈물입니다. 그중에서도 이번에 발간하는 〈한자학 교양총서〉는 한자학 전공 이야기를 비전공자들도 흥미롭게 접근할 수 있도록 기획된 제1기 시민인문강좌(2022년 7월~8월, 5개 과정, 각 10강), 제2기 시민인문강좌(2022년 12월~2023년 1월, 5개 과정, 각 10강)의 내용을 기반으로 합니다. 당시 수강생들의 강의에 대한 높은 만족도와 함께 볼 만한 교재 제작에 대한 요청이 있었습니다. 실제로 한자학 하면 대학 전공자들이 전공 서적을 통해 접하는 것이 대부분이며, 대중이 쉽게 접할 수 있는 입문서는 그다지 많지 않습니다. 〈한자학 교양총서〉는 기본적으로 강의 스크립트 형식을 최대한 활용하여 전공 이야기를 쉬운 말로 풀어쓰는 데에 중점을 두었습니다. 흡사 강의를 듣는 듯 한자학에 대한 기본적인 지식을 배울 수 있는 입문서를 표방하는 이 책은, 한자학에 흥미를 가진 사람들이 한자학을 접할 수 있는 마중물과 같은 역할을 할 수 있을 것으로 기대합니다.

이번에 발간되는 시리즈는 전체 10개 과정 중 2기 강좌분에 해당하는 '중국목록과 목록학'(김호, 조성덕), '동양철학의 이해'(윤지원, 기유미), '일본의 문자 세계'(홍성준, 최승은), '한자로 읽는 동양고전-推己及人'(허철, 이선희) 입니다. 지난 1기 5권의 책을 통하여 한자학의 기원과 구성 원리, 음운 체계, 변천사 등 한자학 전반에 대한 이해를 높일 수 있었다면, 이번에 발간되는 시리즈는 동아시아의 언어, 문화, 사상, 그리고 연구 방법론까지 포괄합니다. 각 권은 한자를 둘러싼 다양한 학문에 대한 이해를 독자에게 제공할 수 있을 것입니다.

앞으로도 우리 연구소는 연구 과제를 수행하면서 축적된 연구 성과를 학계뿐만 아니라 대중의 지적 호기심을 충족시킬 수 있는 방법을 다각적으로 모색해 나아갈 것입니다. 본 사업단 인문강좌에 강의자로 참여해주시고, 오랜 퇴고 기간을 거쳐 본 〈한자학 교양총서〉에 기꺼이 원고를 제공해 주신 여러 교수님들께 감사드리고, 이 책이 발간되기까지 조언을 아끼지 않으신 사업단 교수님들, 그리고 역락 박태훈 이사님께도 감사의 말씀을 드립니다.

2024년 6월

경성대학교 한국한자연구소

소장 하영삼

머리말

이 책은 오랫동안 한자와 한문을 대중 강연하면서 모았던 자료를 정리하고, 그 내용을 교양 강좌로 진행한 후 다시 정리한 것입니다. 이 책에서 저는 다양한 동양고전을 인용하여 참다운 사람으로 살아가는 것을 말씀드렸습니다. 그리고 그런 사람이 되기 위해 끊임없이 자신을 반성하고 수양하려 노력해야 한다는 것도 말씀드렸습니다.

어떻게 이야기를 해도 세상살이라는게 참 어렵습니다. 때로는 어떻게 살아야 할지 모르겠습니다.

이 책이 독자 여러분께 조금이나마 위안과 희망, 용기가 되셨으면 합니다. 누가 뭐라해도 내일은 분명 오늘보다 좋을 겁니다.

이 책은 오랫동안 한자와 한문을 대중 강연하면서 모았던 자료를 정리하고, 그 내용을 교양 강좌로 진행한 후 다시 정리한 것입니다.

강의라는 것이 늘 사람들을 대상으로 무언가를 이야기하는 것이다보니, 나 스스로도 무대 위에 올라가 어떤 것을 어떻게 이야기하면 좋을지 잘 모를 때가 많습니다. 연극이나 뮤지컬과 같이 대본이라도 있으면 좋겠지만 이러한 인문학류 강의는 최소한의 강의 제재만 가지고 강연 전까지 계속 머리 속으로 구성해 놓고서는, 실제로 강단 위에서 올라가서는 사람들의 연령대와 성별, 사람들의 눈과 표정에 따라 이야기의 흐름이 달라지는 게 다반사입니다.

그러다 보니 또 달라질 강의 내용을 정리해서 박제화된 책으로 낸다는 것이 얼마나 의미 있는 일인지는 잘 모르겠습니다.

사실 강의 내용도 별것 아닙니다. 한자 이야기 조금과 그동안 동양 고전을 대하면서 들었던 생각들을 나열하는 정도에 불과합니다. 제가 아주 훌륭한 한문학자도 아니고, 깊은 성찰과 고민을 한 철학자도 아니며, 인생을 아주 진하게 체험한 사람도 아니니, 당연히 글의 깊이도 그저 그런 수준일 테니, 더더욱 이름을 걸고 책을 출판한다는 게 무한정 부끄럽습니다. 혹여 지구를 몸살나게 하는 인쇄된 종이 쓰레기를 더하는 것은 아닌지 모르겠다는 생각도 듭니다.

다른 한편으로 생각해 보면 요즘처럼 한자나 한문에 관심 없는 이들에게 이 작은 책이 조금이나마 관심과 흥미, 동의나 반박 등의 소재를 주더라도 동기를 부여할 수 있다면 그 또한 괜찮은 일이라는 생각도 듭니다.

한자를 배워야 한다느니, 동양 고전을 깊이 있게 알려면 한문을 학습해야 한다느니, 인성교육을 위해서는 한문이 필요하다느니 하는 주장에 대해서는 저는 사실 잘 모르겠습니다. 제가 아는 건 아직 겪어보지 않았거나 접해 보지 않은 것을 가지고 해야 한다, 하지 않아야 한다 등을 말하지 않아야 한다는 것입니다. 주변의 것만을 보고 본질은 보지 않으려 해서는 안되지 않을까요? 한 명이면 어떻고 두 명이면 어떻습니까? 한자와 한문에 관심을 가지고 흥미롭게 바라볼 수 있는 사람들이 생기면 그것만으로도 의미있고 가치로운 일이 아닐까요?

세상은 변했고, 변한 세상에는 그 세상에서의 가치로운 것이 있습니다. 옛 유물은 유물일 때 가치가 있을 뿐 유물을 현재 사용할 수 있어서 가치로운 것은 아니지 않을까요.

이 책을 내기까지 마음 졸이게 해 드렸던 여러분이 있습니다. 일일이 이름을 밝히지는 않겠습니다. 감사합니다.

또한 저와 함께 원고를 정리해주신 이선희 선생님께 감사드립니다. 네, 그리고 감사합니다. 제가 살아갈 수 있는 힘인 가족들, 그리고 선후배와 친구들, 그리고 무엇보다 이 책을 읽어주시는 여러분께 감사합니다.

이 경험이 나중에는 더 좋은 강연과 조금은 덜 쓰레기가 될 책을 쓰는 데 큰 도움이 될 것이라 생각합니다.

감사합니다.

허철

차례

제1장

人(인)

1. 人의 의미

사람을 뜻하는 어휘는 전 세계 어느 언어에나 있습니다. 그 가운데 '人(사람 인)'이라는 한자를 모르는 동아시아 사람은 거의 없을 것입니다. 한자를 모른다고 해도 이 한자는 한 번쯤 보았거나, 이해하고 있는 글자입니다.

한자라는 문자는 기원전 2,500년 전부터 중국에서 사용하기 시작했습니다. 당시는 그림에서 시작한 그림문자, 다시 말하면 상형문자 단계였죠. 상형(象形)이란 '그린다'는 의미의 상(象)과 모습 형(形)으로 구성된 어휘로 '모습을 그린다'는 뜻의 짧은 문장입니다. 물론 우리는 현재 이것을 단어로 사용하지만요. 당시 사람들은 공간과 시간의 한계를 극복할 수 있는 기록 매체를 필요로 하였고, 그 기록 매체는 그림이나 밧줄 등 여러 도구의 시대를 넘어 그림으로 그릴 수 있는 간단해진 형태로 변화하게 됩니다. 이것을 우리는 그림문자 혹은 상형문자라고 부르고, 영어로는 ideographic, 즉 ideo+graphic의 합성어로 부릅니다. 문자 체계에서는 이를 표의문자라고도 하고, 한자라고도 합니다. 현재까지 사용되는 표의문자 가운데 한자가 대표적이므로 이렇게 부르는 것입니다. 물론 현재 사용되는 문자 가운데에는 한자 외에도 그림의 형태, 혹은 다른 종류의 표의문자도 존재합니다.

고대 사람들은 자신의 주변에 있는 것들부터 관심을 갖고 그렸는데 그 중 한 글자가 人이라는 한자입니다. 어떻게 人이 그림인지 잘 모르겠다는 분도 계실 것이고, 이미 알고 계신 분도, 혹은 잘못 알고 계신 분도 있을 것입니다.

광고나 신문, 잡지, 혹은 어떤 글에서 人이라는 글자는 두 사람이 서로 기대어 선 모양을 그린 것이라는 설명을 듣거나 본 적이 있을 것입니다. 그러나 이는 잘못된 설명이죠. 원래 한자가 발생했을 때의 모습을 설명하는 것이 아니라, 오랜 습관이나 잘못된 지식, 혹은 본인의 관점을 주장하기 위해 만들어낸 이야기입니다. 사실 어떤 한자가 어떻게 만들어졌는지를 설명하는 것은 쉽지 않은 일입니다. 물론 어떤 분들은 ≪설문해자≫의 풀이나 인터넷 혹은 전문 서적에서 유명한 한자학자들의 글자 풀이를 보고 그대로 믿기도 합니다. 그런데 우리가 아는 ≪설문해자≫의 저자 허신은 평생토록 갑골문을 본 적이 없습니다. 갑골문은 1899년이 되어서야 세상에 모습을 드러냈으니까요. 그러니까 거의 1,800년 동안 우리가 믿어왔던 허신의 설명은 갑골문과 다양한 출토 문헌들이 세상에 등장하면서 바른 해석도 있고, 틀린 해석도 있다는 것을 알게 되었습니다. 어느 시기에 누가, 어떻게 만들었는지 알 수 없는 자연 발생적인 한자를 보고 '무엇을 그린 거야', '아니 이렇게 만들었을 거야'를 말하는 것은 결국 증거가 없는 한 추측에 불과하고, 추측은 증거가 발견되면 정과 오가 가려지는 것이 당연한 과학의 순서입니다.

갑골문에 나타난 人의 다양한 자형[1]

갑골문이 발견된 후 人은 두 사람이 마주어 기대고 있는 것이 아니라 사람의 옆모습을 그린 것을 알게 됩니다. 갑골문을 쓰던 당시에는 한자의 모양이 하나로 표준화되지 않았지만 어떤 모양을 보더라도 人은 사람의 옆모습입니다. 위는 사람의 머리, 길게 뻗은 것은 몸, 옆으로 나온 선은 팔을 그리고 있습니다.

1　본문에서 제시한 한자 자형 이미지는 國學大師(www.guoxuedashi.net)에서 발췌했습니다.

2. 과학과 믿음

기왕에 한자의 발생에 대한 이야기가 나왔으니 조금 더 설명을 드리겠습니다. 한자의 발생에 관해서는 두 가지 관점이 있습니다. 하나는 기록된 문헌을 통해 당시를 보는 것이고, 다른 하나는 출토된 문헌을 통해 당시를 보는 것이죠. 출토된 문헌들은 그 속에 얼마나 특정 탄소가 포함되어 있는지를 검사해서 연대를 측정합니다. 이를 방사성 탄소 연대 측정법이라고 합니다. 탄소화합물 중의 탄소에 포함된 방사성 동위원소 탄소-14의 조성비를 측정하는 방법이죠. 이 방법을 사용하면 출토된 물건이 어느 시기의 것인지를 확인할 수 있습니다. 갑골문이나 기타 출토되는 문물들의 연대를 추정할 때 주로 사용하는 방법입니다. 우리는 이를 통해서 유물의 연대를 알 수 있고, 유물에 그려지거나 새겨진 문자가 어느 시대의 것인지 추정할 수 있게 되었습니다. 다양한 문물들이 출토되고 난 후에는 그것들을 시대 순으로 나열하게 되면, 각 한자들이 어떤 시기에 어떤 과정을 거쳐 변화했는지를 확인할 수 있습니다.

반면 문헌 기록에 의한 방법은 우리가 흔히 사용하는 방법이며,

가장 쉬운 방법입니다. 어느 도서에 역사적 기록이 있다면 이를 통해 무엇인가의 역사를 알게되는 방법이죠. 예를 들어, ≪조선왕조실록≫의 기록을 통해 우리는 조선왕조에서 어떤 일이 누군가에 의해 어떻게 진행되었는지를 알 수 있습니다. 그런데 문제가 있습니다. 첫 번째 문제는 문헌이 불타는 등의 여러 이유로 소실되어 존재를 확인할 수 없는 경우입니다. 분명히 우리가 볼 수 있는 문헌에서는 어떤 문헌을 참고했다고 하는데 그 문헌을 볼 수 없으니, 그냥 지금 볼 수 있는 문헌을 믿는 수 밖에 없게 됩니다. 또 다른 문제는, 그 기록이 믿을 수 없는 이야기들일 때입니다. ≪삼국유사≫의 단군신화를 모르는 한국인은 없습니다. ≪삼국유사≫에는 '고기(古記, 옛기록)에 따르면'이라고 기록되어 있는데, 고기(古記)는 무엇일까요? 그 문헌을 찾을 수 없습니다. 곰과 호랑이가 말을 하고, 쑥과 마늘을 먹고, 곰이 여인으로 변하고, 여인으로 변한 곰과 환웅 사이에서 아이가 태어났다는 사실은 어떤가요? 믿음이 가십니까? 진실되다고 믿으십니까? 그럼 한자는 사관(史官)인 창힐이 만들었다, 짐승과 새의 발자국을 보고 한자를 만들었다거나 창힐의 눈이 네 개이고, 창힐이 글자를 만들자 귀신들이 밤새 울었다는 기록은 어떻습니까? 현재 중국 베이징 올림픽 공원 앞에 있는 중국 신화에 등장하는 반고의 이야기는 어떠신가요?

눈이 4개 달린 한자의 전설적 창제자 창힐(蒼頡) 조각상

복희씨가 팔괘를 만들었다는 이야기는요? 이러한 이야기는 과학이 아니라 '믿음'입니다. 그냥 믿는 것이죠. 그렇다고, 그래야 한다고요. 이러한 이야기를 만든 사람들은 여러 이유가 있었을 것입니다. 때로는 민족이나 국가의 자부심을 위해, 때로는 알 수 없는 사실을 멋지게 포장하기 위해, 때로는 자신이 잘 모르는 사실을 설명하기 위해 등등. 그러나 문제는 이러한 포장과 허위와 진실의 대체를 어떤 이들은 진실과 과학으로 인식한다는 것입니다. 특히 한자의 모양은 그림에서 시작하기 때문에 오히려 해석의 여지가 너무나 많습니다. 그림을 왜 그렸는지는 해당 그림을 그린 사람말고는 아무도 알 수 없습니다. 모두가 바라보는 이들의 시각이니까요. 才(재주 재)를 어떤 사람이 긴 막대기를 비스듬히 들고 공연을

하는 모양이라고 해석한다고 하여 무엇을 근거로 그 풀이가 잘못된 것이라고 말할 수 있을까요? 父(아버지 부)는 두 큰 눈썹 아래로 이어지는 턱수염을 그린 것이라고 말한들 우리는 어떻게 아니라고 말할 수 있을까요? 보기에 따라 다른 해석이 가능하기 때문에 누군가가 어떤 한자의 모양을 가지고 이렇게 해석한들, 저렇게 해석한들 무엇이 옳고 무엇이 그르다고 하겠습니까?

才의 갑골문

父의 갑골문

여기에 관점이 있습니다. 과학이란 누가 몇 번을 다시 반복하여 검증해 보아도 같은 결론에 도달하는 논리입니다. 믿음이란 검증도 필요치 않고 논리도 필요치 않은 감정과 사고의 쏠림입니다. 모두가 신의 뜻이라고 생각하는 것이니까요. 그래서 믿음은 권위에 기대고, 권위는 계급에 의해 나뉩니다. 명시적 계급은 아니라고 할 수 있으나 여전히 믿음에는 스스로 규정한 계급이 존재합니다. 공부를 많이 한 사람이라느니, 연구를 많이 한 사람이라느니,

해외에서 온 사람이니 등등 권위를 부여하는 것들은 참 많습니다. 마찬가지로 책을 출판한 사람이니, 이런 이력을 가진 사람이니라는 것 또한 믿음의 이유가 됩니다. 한문학 전공, 중문학 전공이라고 모든 한자를 알고, 모든 한자를 객관적으로 설명할 수 있다고 믿는 것이죠. 그럼 과학적이란 무엇일까요? 믿을 수 있는 존재, 다시 말해 우리가 객관적으로 검증한 문물의 기록 형태의 보편성을 통해 해당 한자의 원형이 어디에서 왔는지를 살펴보는 것입니다. 이 방법은 누군가에 기댐이 아니라 증거에 기댑니다. 증거에 기대기 때문에 대부분 수긍할 수 있는 결론에 도달하게 됩니다.

3. 人의 파생

어찌되었든 人이란 글자의 모양은 사람들이 이야기하는 대로가 아닌 수많은 갑골문과 금문 등을 통해 옆으로 서 있는 사람의 모습, 혹은 옆으로 가는 사람의 모습이라고 판단할 수 있습니다. 그럼 사람이 앞을 보고 서면 어떤 모양이라고 생각했을까요? 大(대, 크다)라는 글자는 사람이 앞을 보고 서 있는 모양입니다. 어떤 분들은 이 글자를 보고 크게 보이려고 두 팔과 두 다리를 벌린 모양이라고 하기도 합니다만, 제 생각에는 그냥 땅에 서 있는 사람의 모습입니다. 앞으로 보고 서 있으니 옆 모양 보다 커 보이겠죠. 이렇게 앞으로 서 있는 사람의 머리 뒤로 보이는 것은 하늘이니 大 위에 한 획을 그어 天(천, 하늘)이 됩니다.

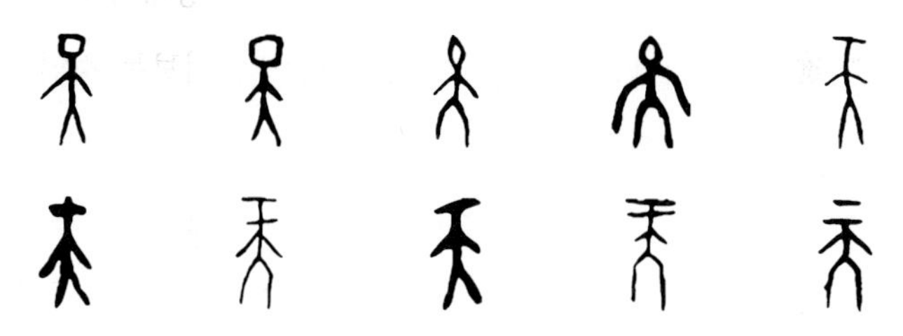

갑골문에 나타난 天의 다양한 자형

옆으로 가는 사람이 둘 있으니 人과 人이 합쳐져 즉 从(종, 좇다, 따르다)이 됩니다. 이 글자는 후에 從으로 변합니다. 이 두 글자가 오른쪽 방향으로 서면 즉 比(비, 견주다)가 됩니다. 여기서 견준다는 것은 어깨를 견주면서 서로 가려는 모양이겠군요. 그런데 두 사람이 등 돌리고 있기도 합니다. '등지다'라는 뜻의 北(배)입니다. 물론 이 글자는 '북'이라고 읽고 방위를 가리키기도 하는데, 이건 후에 음과 의미가 더해진 경우입니다. 그러다 보니 亼

과 같이 두 사람이 위 아래로 있는 한자도 있습니다. 그런데 여기에 함정이 있습니다. 이 한자는 갑골문에서 발견되지 않습니다. 그러니 이 한자의 모양이 사람 위에 사람이 있으니 사람을 업은 것인가, 사람 위의 사람이라는 뜻인가? 무겁다는 뜻인가, 하늘 위로 올라가는 것인가 등등으로 풀이할 수 없습니다. 이러한 경우 우리는 금문(金文)이 있더라도 ≪설문해자≫의 풀이를 따릅니다. 허신은 ≪설문해자≫에서 "얼다, 물이 얼은 모양을 그렸다"라고 하였고, 후대의 문헌에도 이 글자는 얼음이라는 의미로 氷(빙, 얼음)과 함께 사용됩니다. 앞서 언급한 바와 같이 우리가 볼 수 있는 가장 오래된 문헌은 ≪설문해자≫이고 허신은 당시 많은 고문자들을 모으고 소전의 모양을 통해 한자 의미를 파악했으니 우리가 사용할 수 있는 차선의 방법입니다.

사람이 서 있는데, 아래에 줄이 있으면 어떤 의미일까요? 줄은 땅을 의미하고 서 있는 것이니 '사람이 땅위에 서 있다'의 의미가 됩니다. 모양은 立(입)입니다. 그럼 두 사람이 서 있으면 어떻게 될까요? 立+立=竝(병)이나 이 글자의 뜻은 '두 사람이 나란히 서있다'입니다. 두 사람이 함께 무엇인가를 할 수도 있겠군요. 하지만 원래 의미는 '나란히'라는 뜻에서 시작함을 알 수 있습니다.

仁의 갑골문

그럼 仁(인, 어질다)은 무엇일까요? '사람이 둘'이란 의미입니다. 사람이 하나가 아니라 둘이니 복수입니다. 단수가 아닌 복수이니 이 둘은 관계로 묶여집니다. 곧 함께 살아가는 사회는 둘 이상이 만들어 내니까요. 그럼 '어질다'는 곧 '함께 한다'는 의미입니다. 오히려 '두 사람이 기대어야 한다'는 한자는 人(인)이 아니라 仁(인)인 셈입니다.

4. 한자의 의미

앞서 仁(인)의 의미를 두고 '함께 한다'는 의미라고 말씀드렸습니다. '함께 한다'는 의미도 주관적 해석일 수 있지만, 그보다 더 주관적인 해석은 이 글자를 타자에 대한 사랑이라고 풀이하는 것이죠. 곧 仁(인)을 '어질다'라고 표현하고, '어질다'를 사람에 대한 사랑이라고 이야기하는 것입니다.

우리는 글자의 초기 모양에 나타난 의미를 '본의'라고 합니다. 본의란 우리가 추정하는 원래 글자가 만들어질 당시의 의미이고, 이 의미는 당시 글자의 모양을 보고 판단합니다. 그런데 한자는 이러한 본의가 대표되지 않는 경우가 매우 많습니다. 앞서 예로 들었던 글자들은 대부분 본의가 대표의, 즉 대표적으로 사용되는 의미입니다. 그러한 한자들은 많습니다. 豆(두)는 콩이 아니라 제기, 즉 제사 때 사용하는 그릇의 한 종류였습니다. 朋(우)는 벗이 아니라 화폐의 한 종류였죠. 그러므로 우리가 흔히 말하는 대표란 우리가 사용하는 어휘나 문장에서 그 의미를 가장 많이 사용한다는 의미입니다.

豆, 朋, 竝의 갑골문

竝(병)의 의미도 그렇습니다. 한자 사전을 찾아보시면 竝(병)의 대표적인 의미는 '나란히, 모두, 견주다, 함께하다, 겸하다, 아우르다' 등등도 있고, 음이 '방'으로 바뀌면서 '곁, 잇다'라는 의미로 활용되기도 하며, 음이 또 '반'으로 바뀌면서 '땅의 이름'이라고 하기도 합니다.

仁(인)은 그래도 조금 덜 복잡해서 어질다, 사랑하다라고 할 수 있지만, 갑자기 씨, 과실이 속살이란 의미가 되기도 합니다. 우리는 어떤 한자를 볼 때 항상 한자의 모양을 보고 의미를 떠올립니다. 그런데 우리가 놓치고 있는 것이 있습니다. 문자는 어휘를 기록하기 위한 도구에 불과하기 때문에, 어휘 이전에 해당 문자는 필요치 않았고, 그래서 없다는 너무나 당연한 사실입니다.

사람들은 집단생활을 하면서 이미 서로 교류를 합니다. 대부분 음성으로 교류합니다. 음성언어의 교류에는 반드시 '어휘'와 '문법'이 동반됩니다. 어떤 사람들은 문법보다 어휘가 더 중요하다고 할 정도로, 모든 사물과 개념에는 이름이 있습니다. 이름이란 발음을 통해 다른 사물이나 개념들과 어떻게 구분할까 고민하면서 나오게 됩니다. '인'이란 발음도 존재했고, '사람'이라는 개념도 존재했는데, 이를 기록하려니 문자의 형태가 필요해서 옆모습을 간략하게 그려 人(인)이라는 한자를 만들었습니다. 순서로 보니 의미 즉 개념이 있고, 이를 부르는 음가가 있고, 이를 다시 시각적 형태로 여러 방법을 동원해서 만들어 사람들 사이에 유통시키고 약속

됩니다. 이러한 이유로 당시 사람들에게 필요한 숫자만큼의 어휘가 있게 되면, 때에 따라서는 모든 문자를 다 만들지 않고, 음이 같은 한자에 어휘의 의미를 더해서 사용하기도 합니다. 매번 한자를 생산한다는 것은 참 어려운 일이기 때문입니다. 위에서 예로 들었던 比(비)와 从(종)도 갑골문이나 금문에서는 같은 형태로 나타날 때가 많습니다. 北(북)이라는 글자에 '등을 지고 있다'라는 어휘의 의미 말고도 북쪽 방위를 나타내는 의미를 더하게 됩니다. 이와 같이 음은 같으나 의미는 전혀 다른 어휘를 더합니다. 위에서 예로 들었던 豆(두)나 朋(붕)도 마찬가지입니다. 이런 것을 우리는 가차(假借)라고 합니다. '빌렸다'는 의미이고, 이러한 경우 음이 같은 한자를 빌려서 의미를 더했다는 의미로 '가차의'라고 합니다. 이런 경우만 있는 것은 아니죠.

다른 사람을 배려하는, 나처럼 아끼는 마음, 즉 어짊은 사람의 핵심, 즉 중심이고, 중심은 열매에 있어서 씨, 속살이라는 의미까지 꼬리에 꼬리를 물고 의미를 연계시킵니다. 이런 연계를 우리는 앞의 의미, 혹은 본래 의미에서 끌어당긴 의미라고 해서 끌 인(引), 펼 신(伸)의 한자를 합해서 '인신(引伸)된 의미'라고 합니다. 人(인)이 사람이라는 의미에서 '다른 사람, 그 사람, 어른, 백성, 인격, 얼굴, 몸, 건강, 일손' 등의 다양한 의미로 확장됩니다. 이러한 경우 비슷한 의미를 가진 것끼리 묶을 수 있게 됩니다. 그러나 비슷하지 않은 의미도 존재합니다. 아랫사람은 人의 다른 의미들과 연결하기 쉽지 않습니다. 이는 계급적 개념이니까요. 이와 같은 경우를 '파생'이라고 합니다. 어떤 의미에서 잘 연결되지 않는 의미로 곁가지가 뻗어 나간 것을 말합니다.

그럼 정리해 보죠. 한자는 만들어질 때 가지고 있던 의미인 본의가 있고, 확장된 의미인 인신의, 옆가지로 흘러나오는 파생의, 그리고 음이 같거나 유사하여 모양을 공유하지만, 지칭하는 대상 의미는 다른 가차의, 그리고 모든 의미들 중 가장 많이 알려지고 사용되는 대표의가 있습니다. 그럼 대표의는 어디서 많이 사용되는 것이고, 누가 정하는 것일까하는 의문이 듭니다. 우리나라의 경우 ≪천자문≫이 한글로 적히면서 기록된 의미가 대표의로 굳어진 경우가 많지만 꼭 그러한 것은 아닙니다. 때로는 선조들이 입에서 입으로 전하는 의미가 대표의로 굳어진 경우도 많습니다. 그러다 보니 여전히 선조들이 한자의 의미를 외우던 방식에서 벗어나지 못하는 경우가 있습니다. '하늘 천, 따지, 검을 현, 누룰 황...' 이렇게 말이죠. 그런데 생각해보면 땅이고, '누룰'이 아니라 '누렇다'입니다.

한편 우리가 알고 있는 훈은 우리에게 인식되는 어휘의 의미입니다. 대표의는 고정불변의 것이 아니며, 15세기의 훈으로만 혹은 옛날 그대로만 학습해야 하는 것도 아닙니다. 우리말 어휘도 시간이 지나면서 변화합니다. 더 이상 '뫼'라고 하는 사람은 없으며, '다솜'이라고 말하지도 않습니다. '산'이고 '사랑'이죠. 오히려 한자의 의미는 어휘마다, 문장마다 오랫동안 자신에게 쌓여온 다양한 의미로 변주하는 것입니다. 굳이 가부장제 사회에서 만들어져 사용되던 어휘인 놈, 계집, 지아비, 사변될, … 등을 현재의 한자의 의미로 사용해야 할 아무런 이유도 없는 셈입니다.

5. 사람과 인

사람은 무엇일까요? 사람은 어떤 존재일까요? 한자로 사람은 너무 어려운 이야기가 아닙니다. 매우 단순합니다. 그저 옆으로 걸어가는 모양입니다. 매우 단순화시켜 머리, 팔과 다리가 있는 직립 보행의 존재입니다. 누워있지도 않고, 앉아 있지도 않습니다. 그저 서서 팔을 움직이는 모양입니다. 그런데 그 모양은 사람을 작아 보이게 했나 봅니다. 그러니 앞을 보고 다리와 팔을 벌리고 있으면 '크다'라고 했겠지요. 왜 '크다'라고 했을까요? 상상력을 펼치면 기원전 2,500년 전이니 여전히 수많은 동물들로부터 몸을 보호할 무언가가 필요한 시대였습니다. 인간이란 동물은 다른 육식 동물들에 비해 약한 존재입니다. 사나운 이빨이나 발톱을 가지지도 못하였고, 날렵하지도 않습니다. 크지도 않죠. 인간보다 큰 곰이나 호랑이, 초식 동물이지만 인간보다 큰 동물도 많이 있습니다. 동물의 세계에서 가장 중요한 것은 크기입니다. 자신보다 큰가, 작은가가 중요하죠. 자신이 커 보이기 위한 방법은 있는 대로 자신의 팔과 다리를 펼치고 목을 빳빳이 세우는 것이 사람이 할 수 있는 유일한 방법입니다. 자신을 지키기 위해 커 보여야 했고, 그 모양이 大(대)의 모양일 것이라고 추측할 수 있습니다만, 여전히 추측입니다. 제가 大(대)자를 처음 그렸거나, 혹은 당시에 고개를 끄덕이며 긍정해 주던 사람이 아니었으니, 어떻게 '크다'라는 의미가 된 것을 알겠습니까?

하지만 확실한 것은 人(인)이라는 글자를 통해 당시 사람들이 확실히 사람의 특징으로 삼은 것은 '직립보행을 하는 존재'라는 사실입니다. 이것은 앞서 예로 들었던 比(비)나 从(종), 北(배)에서 모두 알 수 있습니다.

사람은 어떤 존재인가? 사람은 왜 사는가? 사람은 어떻게 살아야 하는가? 등등은 결국 사고입니다. 직관이 아닙니다. 어떤 의미를 부여하고 가치를 부여하며, 당위와 도덕을 이야기하는 것은 사고의 과정이지, 한자의 모양이 처음부터 그러한 것을 담지 않습니다. 한자의 모양은 단지 그 때 사람들이 보았던, 혹은 자주 접하는 모양을 간략하게 그렸을 뿐입니다.

馬, 豕, 子의 갑골문

馬(마)는 말의 모습 중 말갈기를 강조했고, 豕(시)는 돼지의 짧은 다리와 주둥이를, 子(자)는 머리가 크고 몸이 작은 태어난 아기를 그렸을 뿐입니다.

6. 개념과 분류

어떤 것의 외부적 특징, 혹은 과정 속에서 드러나는 특징을 우리는 개념이라고 합니다. 구체적 개념이란 좀 전에 봤던 것처럼 사물 혹은 대상을 시각적으로 바라 볼 때의 무엇입니다. 반면 추상적 개념이란 관찰될 수 없는 속성을 공통화한 것을 말합니다. 사람은 본성이 눈에 보이지 않지만 많은 사람들이 오랫동안 사람들의 모습을 지켜보니 공통된 무엇인가가 있는 현상을 보게 되고, 그 현상의 공통됨을 가리켜 본성이라고 말합니다. 그러고 보면 한자의 의미라는 것은 결국 개념이고 그 개념은 구체적 개념과 추상적 개념입니다. 구체적 개념이란 상형 문자이고, 추상적 개념이란 지사자입니다. 형성과 회의는 글자를 만드는 방식이지만 의미로만 보면 여전히 구체적 개념과 추상적 개념을 표현합니다. 전주와 가차라는 것도 이 개념을 사용하는데 의미가 비슷한가, 음이 비슷한가에 따라 서로 다른 모양의 글자를 상호 바꿔쓰는 것입니다.

그럼 한자를 분류할 때 구체적 개념과 추상적 개념으로 나누어 볼 수도 있겠습니다. 또 구체적 개념이 비슷한 특징 별로 모아 볼 수도 있습니다. 이러한 방식은 학문에서도 사용됩니다. '분류'라는 것입니다. 움직이는 사물과 움직이지 않는 사물로 나눌 수 있습니다. 動物(동물)과 植物(식물)입니다. 세상에 존재하는 모든 것은 物(사물)이니, '움직인다'와 '심어져 있다'로 구분하면 됩니다. 동물은 사는 곳에 따라 육지와 하늘, 물로 나눌 수 있습니다. 또 먹이에 따라 육식과 초식으로도 구분할 수 있습니다. 몸이 부드러워 하나인 것처럼 보이는 것과 여러 개의 마디가 연결된 것으로 구분될 수도 있고, 아주 딱딱한 껍질을 가진 것도 있습니다. 살아있지만 너무 작아서 보이지 않는 것들도 있습니다. 딱딱하게 굳어진 것, 물같이 흐르는 것, 눈에 보이진 않지만 공간을 메우고 있는 것도 있습니다.

이렇듯 구체적 개념들은 하나의 한자 혹은 둘 이상의 한자로 그 어휘를 생산합니다. 그러나 눈에 보이지 않는 것들도 있습니다. '사랑한다'는 눈에 보이는 공통된 특성이 아니라 사랑하면 드러나는 현상들을 통해 사랑함을 압니다. 그리고 이러한 개념들은 인간의 의식 속에서 구현되는데, 이를 '관념'이라고 합니다. 그러니까 나의 의식 속에 존재하는 관념들은 개념으로 표출되는 셈입니다. 그렇다면 결국 관념은 나와 연관이 됩니다. 내가 경험한 것들과 연관되는 셈입니다. 따라서 관념은 나와 나를 둘러싸고 있는 시간적, 공간적 환경으로부터 영향을 받게 됩니다.

조금 곁다리로 가면 서양 철학에서는 이 관념을 가지고 참 오랜 논의를 합니다. 관념은 idea로 플라톤부터 칸트, 헤겔 등 많은 철학자들이 실재론으로 더불어 이야기합니다. 이데올로기란 말도 여기서 파생됩니다. 이 용어가 동양으로 옮겨오면서 불교 용어였던 觀察思念(관찰사념)에서 觀과 念으로만 어휘를 만들어 대응하는 용어로 사용하게 됩니다. 원래 불교에서 사용하던 觀察思念(관찰사념)과 서양 철학사에서 말하는 이데아(idea)는 차이가 있지만, 번역어로 사용되면서 관념은 더 이상 불교의 용어가 아니라 서양 철학 용어로 다시 인식되게 됩니다.

왜 굳이 이 이야기를 길게 하느냐면, 인간의 언어는 결국 의식이 만들어내고, 의식은 환경과 접하는 중에 인간이 만들어내는 과정과 결과이기 때문입니다. 오늘 만난 하늘의 색은 어제와 분명 다르다고 인식했기에 '푸르스름하다'고 이야기하고, 어제의 설레임과 다르기에 '콩닥거린다'고 표현합니다. '나쁘지 않네'는 '매우 좋다'는 그들만의 표현법일 수도 있습니다. '머리가 작다'는 '머리가 나쁘다'라는 다른 의미로 받아들여지도 합니다.

언어의 발달, 특히 어휘의 발달과 사용은 그 지역, 그 문화, 그 사람들의 인식, 관념, 개념과 연결될 수 밖에 없습니다. 그러니 한자의 의미나 둘 이상의 한자가 결합되어 표현하는 의미는 결국 당시 사람들의 공통된 관념과 개념에서 출발합니다.

7. 人, 다시 사람으로

人(인)이란 글자도 사람의 모양을 그린 것이지만, 실제 활용에서는 더욱 다양하게 그 범위가 넓혀집니다. 人(인)은 사람이지만, 우선 동아시아 고전 속에서는 나를 제외한 다른 사람, 혹은 일반적인 사람들을 의미하는 방식의 사용이 더 많습니다.

유명한 논어의 문장인 '人不知而不慍(인부지불온) 不亦君子乎(불역군자호)'에서 人(인)은 나를 제외한 다른 사람들입니다. 그래서 일반적으로 번역도 '다른 사람이 나를 알아주지 않더라도 성내지 않으면 또한 군자가 아니겠는가!'라고 합니다. 한편 '人而無信"(인이무신)'에서는 일반적인 사람을 말합니다. 그래서 번역도 '사람이면서 믿음이 없다'고 합니다. 때로는 특정 사람을 가리킬 때가 있는데 이 때는 이, 그 같은 지시대명사를 함께 사용하여 이 사람, 저 사람 등으로 한정시키기도 합니다.

이러한 고전 문장에서만 人(인)을 보는 것은 아닙니다. 老人(노인)은 늙을 로와 합쳐져 늙은 사람입니다. 그럼 얼마나 늙어야 할까요? ≪설문해자≫에서는 70세 된 사람, 머리가 하얗게 된 사람을 가리킨다고 하고, 이 글자는 人(사람)과 털을 뜻하는 毛(모)와 지팡이를 그린

匕(비)가 합쳐진 글자라고 이야기합니다. 갑골문을 보더라도 왼편을 향하여 머리가 긴 사람이 지팡이를 짚고 허리가 굽은 모양을 하고 있습니다. 허신이 살던 기원후 100년 시절에 70세 노인은 엄청난 장수입니다. 환갑인 만 60세를 넘기지 못하고 돌아가시는 것이 일반적이었던 세상이었으니까요. 우리나라의 경우에는 통계청 자료에 의하면 1960년 평균 수명이 51.1세였다고 합니다. 이를 보면 70된 사람이란 당시의 사회적 상황으로 봤을 때 장수 중의 장수입니다.

老의 갑골문

그러니 당연히 삶의 지혜가 많을 수 밖에 없겠죠. 그래서 처음 뜻은 머리가 하얀 지팡이를 짚은 나이가 많은 사람이란 의미에서 오래 된 것을 뜻하거나 지혜로움을 뜻하게 됩니다. 그러니 老(노)는 나이를 뜻하기도 하고, 신하를 뜻하기도 하며, 쇠락이나 과거, 지나간 것을 의미하기도 합니다. 또 오랫동안이라는 의미로 사용되기도 합니다. 현대중국어에서 우리말의 '선생님', 즉 누군가에게 가르침을 주는 사람을 老師(노사; 라오스)라고 합니다. 우리말로 풀이하면 이상합니다. '늙은 스승'이라고 해석되기도 하니까요. 중국 역사를 보면 先生(선생)을 가르침을 주는 사람이란 의미로 사용한 것은 명나라 이후 청까지 계속됩니다. 실제 중국에서 신해혁명 때 '학생조행규범'을 만들면서 선생을 老師(노사; 라오스)로 바꿉니다. 하지만 실제 이 어휘는 학교에서 학생들을 지도하는 사람들만 사용하지는 않습니다. 중국에서는 일반적으로 어떤 식으로든 배울 만한 가치가 있는 사람, 올바른 지식과 역량을 갖춘 사람을 의미하기도 합니다. 그래서 이발소에서 이발을 해 주는 사람도, 혹은 길에서 연주를 하는 사람도 모두 老師입니다. 또 師傅(사부)라는 표현도 사용합니다. 傅(부)를 父(아버지)로 바꾸어 師父(사부)라고 쓰기도 합니다. 이 때 사부는 직업적인 어떤 일을 가르쳐주는 사람이란 의미로 사용합니다. 師父(사부)라고 하는 것은 조금 더 감정적인 한자로 바꾸어서 아버지와 같은 존재로 여긴다는 뜻이 됩니다.

어쨌든 老師라는 표현이 일반화되어 전문적인 일을 하는 사람이 되자, 教師(교사)라는 표현을 공식적으로 사용하기를 권장합니다. 그러나 사회 구성원의 언어 습관은 쉽게 고쳐지지 않아서 일상 생활에서는 여전히 老師를 사용하고 있습니다. 그러니까 이때 老(노)는 '오랫동안' 한 방면의 지식과 경험을 쌓은 사람을 의미함이지 늙은 사람을 말하는 것은 아닙니다.

다시 人(인)으로 돌아가보면, 평소에 인간(人間)이란 표현도 자주 사용하고 있습니다. 우리의 대표 의미로만 보면 사람과 사이, 혹은 사람 사이라는 표현입니다. 이렇게 보면 참 이상합니다. 우리가 아는 인간이라는 의미와는 거리가 있습니다. ≪우리말샘≫에서 '인간'은 다음과 같이 풀이합니다.

> 인간 「001」 「명사」 생각을 하고 언어를 사용하며, 도구를 만들어 쓰고 사회를 이루어 사는 동물.
>
> 인간 「002」 「명사」 사람이 사는 세상.
>
> 인간 「003」 「명사」 일정한 자격이나 품격 등을 갖춘 이.
>
> 인간 「004」 「명사」 마음에 달갑지 않거나 마땅치 않은 사람을 낮잡아 이르는 말.
>
> 인간 「005」 「명사」「북한어」 '식구'를 이르는 말.

우리말에서야 人(인)을 단독으로 사용하는 경우가 많지 않고, 인을 사람 혹은 인간으로 번역하는 경우가 많으니, 첫 번째 뜻은 한자로 하면 人(인)이 맞습니다. 003은 '~人'이라고 해서 자주 사용하는 용례로 '~하는 사람'이란 의미가 되니, 한자의 의미에서 벗어났다고 할 수 없습니다. 또한 004는 감정색채가 드러난 말로 우리의 언어 생활과 관련이 있으니 본의와는 조금 다릅니다. 참, 감정색채라는 표현이 있군요. 감정 색채란 발화자와 수신자, 혹은 사회에서 어떤 어휘에 여러 긍정적, 부정적 감정을 넣어 다른 색깔로 표현한 것을 말합니다. 원래는 같은 의미를 가진 어휘인데 상황에 따라 감정 색채가 달라지기도 하고, 동일한 대상물을 가리키지만 사용하는 어휘에 따라 다른 감정 색채를 보이기도 합니다. 밥, 진지, 반상이나 흰쌀밥, 백미 등의 예가 그렇고, 인간이라는 어휘가 "아휴... 인간아... 좀"이라고 할 때와 "인간은 왜 이 세상에 존재할까"에서 같은 느낌이 아님을 알 수 있습니다. 붉은색, 빨갱이, 핏빛 등의 어휘는 모두가 다른 감정 색채를 가지고 있습니다. 그럼 005의 북한어에서 인간은 '식구'를 의미한다고 하는 것은 어떻게 봐야 할까요? 예시를 보니, 이건 식구이기 보다는 사람이 맞을 듯 합니다. 예시는 '한집안의 인간'과 '인간이 몇이나 되오? 량주에 아들 하나입니다.≪선대≫'이니, 사람과 바꿔도 문제가 되지 않는 듯 합니다. 결국 人 하나의 의미로 다 통합니다.

閒의 금문

그런데 002는 조금 다릅니다. '사람이 사는 세상', 人이 살고 있는 세상을 의미합니다. 그럼 이 어휘 풀이의 핵심은 間의 이해에 있습니다. '間'은 창문과 해 혹은 달로 구성된 글자로, 해로 구성되면 間, 갑골문이나 금문에서처럼 달로 구성되면 閒이 됩니다.

우리가 일반적으로 門으로 알고 있는 글자는 실제 양쪽으로 열리는 문을 의미합니다. 양쪽에 모두 경첩이 있어서 바깥 혹은 안으로 열리는 모습을 그린 것입니다. 이 문의 바깥에 달이 있거나 해가 있기 때문에, 이 글자의 의미는 문과 문의 '사이, 틈, 틈새, 엿보다, 몰래, 참여하다' 등의 여러 의미로 발전하여 사용하게 됩니다. 원래 의미로만 보면 무엇인가 구분하여 놓은 것을 의미합니다. 곧 여기서 구분함은 공간이나 시간입니다. 우리가 살고 있는 이 세상은 비어있는 듯 하지만 무엇인가로 분리되어 있고, 시간의 흐름 또한 어떤 기준으로 구분되어 있습니다. 공간과 시간은 결국 공과 시를 어떤 기준으로 구분했다는 것입니다. 인간이란 표현도 사람이 사는 공간과 시간을 구분하여 우리가 살아가는 공간과 시간이란 표현이 되니, 우리가 살고 있는 한정된 시공간이 됩니다. 물론 여기서 구분됨을 다르게도 볼 수 있겠죠. 그래서 우리가 사는 세상을 부르는 명칭 또한 참 다양합니다. 보는 관점에 따라 달리 부를 수 있으니까요. 예컨대 紅塵(홍진)은 '붉은 흙먼지'라는 뜻으로 사람들이 오가면서 일어나는 붉은 흙먼지의 세상, 즉 '속세'를 의미합니다. 아, 속세도 그렇군요. 불교 입장에서 俗世(속세)는 일반인들이 사는 세상입니다.

그래서 앞서 말씀드렸듯 空(공)과 時(시)가 존재하지만, 이를 우리 인간은 間(간)으로 구분해서 공간과 시간으로 사용합니다. 間은 이외에도 많은 어휘에 사용됩니다. 단독으로 우리말과 결합해서 조만간(間), 고깃간(間), 대장간(間), 외양간((間), 뒷간((間) 등에서 시간이나 공간의 구분으로 사용되기도 하고, 民間(민간), 夫婦間(부부간), 山間(산간), 都農間(도농간), 天地間(천지간), 草家三間(초가삼간), 不知間(부지간), 非夢似夢間(비몽사몽간) 등으로 사용되기도 합니다. 그러니 間(간)은 단순히 간격이나 틈이 아닌 셈입니다. 이보다 더 중요한 의미로 인식되고 활용되고 있습니다.

8. 공자와 논어

왜 갑자기 공자일까요? 동양 사회에서 '사람을 사람답게'라고 말할 수 있게 한 것은 공자이기 때문이기도 하고, 앞서 언급했던 '人不知而不慍(인부지불온) 不亦君子乎(불역군자호)'라는 문장을 조금 더 설명하기 위한 목적도 있습니다.

아마 여러분께서 중고등학교 때 한문 과목을 학습하셨거나 혹은 다른 여러 경로를 통해서도 공자, 논어 그리고 '학이시습지' 이 문장은 한번 쯤 들어보셨을 것이라 생각합니다.

공자의 출생이나 인생살이에 대한 이야기는 많이 있으니 이번 시간에는 그 이야기는 하지 않겠습니다. ≪논어≫는 공자가 세상을 떠난 후에 그 제자들이 모여서 엮은 책으로 '세상에 대해 논한 말들'이란 뜻의 제목으로 '논어'라고 합니다. 물론 이 책에는 공자의 말 이외에도 제자들의 말도 섞였다고 하지만 이 또한 조금은 다른 주제이기에 여기서는 논하지 않겠습니다.

본론으로 들어가서 여기서는 ≪논어≫의 첫 문장을 풀이해보고자 합니다. 논어의 첫 문장은 다음과 같습니다.

學而時習之 不亦說乎,
有朋自遠方來 不亦樂乎,
人不知而不慍 不亦君子乎.
학이시습시 불역열호,
유붕자원방래 불역락호,
인부지이불온 불역군자호.

배우고 때마다 그것을 익히면 또한 기쁘지 아니한가,
먼 곳에서부터 친구가 찾아오면 즐겁지 않겠는가,
사람들이 알아주지 않더라도 성내지 않으면 군자가 아니겠는가.

세 단락으로 구성되어 있습니다. 그리고 첫 문장의 두 글자인 '學而(학이)를' 뽑아 이 편의 제목으로 합니다. 갑작스레 궁금한 것은 왜 공자의 제자들은 이 문장을 책의 가장 앞에 두었을까요? 잘 아시겠지만 어떤 책의 첫 문장은 여러 중요한 의미를 담고 있습니다. 이러한 의식은 시대와 공간이 다르더라도 동일합니다. 첫 문장은 모든 것을 아우르는, 모든 것을 상징하는 대표성을 가지고 있습니다.

우선 풀이를 보시면 많이 들어보셨을 문장이니 쉽게 이해될 것이라 생각합니다. 질문은 아까의 질문, 즉 왜 이 문장이 논어의 첫 문장일까를 포함해서 두 가지입니다. 왜 說을 '기쁘다'로 해석해야 할까요?

송나라 때 주제는 이 문장에 주석을 달면서 '悅(열)이다'라고 풀이했습니다. 그럼 ≪논어≫를 저술할 때부터 悅(열)이라고 쓰면 될 것을 왜 굳이 說을 써서 우리가 '설'로 읽어야 할지, '열'로 읽어야 할지, '세'로 읽어야 할지 시험할까요?

이 뿐만이 아닙니다. ≪논어≫를 비롯해서 ≪시경≫, ≪춘추≫, ≪도덕경≫, ≪장자≫ 등에도 이러한 예가 숱하게 나옵니다. 우리가 알고 있는 한자의 음과 뜻이 아닌 경우입니다. 앞서 말했던 대표의와 인신의, 가차의를 넘어서서 완전히 다른 뜻을 가지고 있기도 합니다. 그럼 정확하게 그 한자를 쓰면 우리가 참 편하게 볼 수 있지 않았을까요?

'溫故知新(온고지신)'에서 우리가 아는 溫(온)은 '따듯하다'인데, 왜 '익히다'로 풀이할까요? 누가 이런 것을 정할까요?

다음 장에서 이어서 이야기하겠습니다.

제2장

仁(인)

1. 분서와 갱유

“지금부터 이 집안의 모든 책들을 모조리 찾아 불태워라.”

사방에서 종이 타는 냄새가 났다. 하염없이 바라보는 불길 속에는 조상 대대로 내려오던 선현의 말씀이 재로 변하고 있었다. 저 먼 제나라 땅에서 이곳까지 오는 동안에도 버릴 수 없었던 것들이었다. 한 나라로 통일되면 전쟁이 사라져 평화롭게 살 수 있을 줄 알았다. 우리같은 유학자들이 다시 정치에 나가 태평성대를 이루는데 힘이 될 줄 알았다. 그런데 현실은 그저 우두커니 불길만 바라볼 뿐, 아무 것도 할 수 있는 것이 없었다.

“폐하! 폐하! 어찌 이러십니까? 온 나라의 유생들이 등을 돌리고 있습니다. 그들마저 폐하를 버리면 어찌하려 하십니까? 아니됩니다. 아니됩니다. 책을 불사르라는 명령은 거두어 주십시오. 그들을 버리시면 안됩니다.”

겨우 겨우 지팡이에 의지해 궁으로 들어온 백두옹은 정전 앞에서 며칠째 먹지도, 마시지도 않고 황제에게 청을 하고 있으나, 누구도 그의 곁에서 같이 하지 않았다. 무섭다. 두렵다. 혹시라도 황제의 눈 밖에 나면 나뿐 아니라 삼족이

멸해질 수도 있다. 신하들은 황제가 그럴 수 있다는 것을 이미 여러 번의 경험을 통해 알고 있었다.

"그 놈들을 잡았느냐! 후생, 노생 이 놈들을 잡았느냐는 말이다."철석같이 믿었던 후생과 노생이었으나, 이들은 결국 영정을 기만하였다. 진인이 되어야 한다, 불로초를 구할 수 있다 등등 온갖 희망으로 영정의 마음을 흔들어 수많은 재물과 인력을 동원하였으나, 결국 빈손이었다. 결국 황제를 속였으니 당연히 벌을 받아야 했다. 그 벌은 죽음이었다. 후생과 노생은 이 사실을 알고 단박에 궁을 빠져나가 도망쳤다. 찾아와 살려달라고 빌어도 모자랄 놈들이 황제가 무도하다고 비방까지 하면서 도망을 쳤다. 황제 영정은 이들뿐 아니라 간사한 혀로 나를 속이는 놈들이 다시 나타나서는 안된다고 생각했다.

"지금부터 술사라고 말하는 놈들을 모조리 잡아들여 산채로 매장해 씨를 말려라."

함양 땅에 깊은 구덩이가 파졌고, 그 속으로 술사들이 포개어졌다. 사방에서 아우성과 흙이 뿌리는 소리가 들려왔다.

분서갱유(작자미상)[1]

아마 한 번쯤 들어보셨을 진나라 첫 번째 황제의 분서와 갱유 사건입니다. 焚書(분서)에서 분은 아래 불이 있고, 위에 나무 두 그루가 있습니다. 당연히 여러 나무를 태우는 것이고, 여러 나무가 타다 보니 불길이 거세겠죠. 그래서 이 한자는 '불사르다', '불로 태워 없애다'라는 의미로 사람을 불에 태워 죽이는 '화형'이란 의미로도 사용하고, '짐승을 사냥하기 위해 숲에 놓는 불'이란 의미도 가집니다. 사용하지 않을 것 같지만 이 한자가 들어간 단어 중에 여러분이 들어 보셨을 만한 것들이 있습니다. '焚香(분향)한다'는 향이 나는 나무 혹은 나무 같은 것을 불사른다는 의미입니다.

---

1 나무위키

제사 때나 조문하러 가셨을 때 흔히 사용하는 단어입니다. '焚蕩(분탕)'이란 표현도 사용합니다. 蕩(탕)의 원글자는 盪으로, 본래 그릇 혹은 그릇에 담긴 물을 의미했습니다. 후에 아래 그릇을 뜻하는 皿(명)이 사라지고 위에 艹(풀 초)가 포함됩니다. 이 중 湯(탕)은 물 이름을 뜻합니다. 그러니까 이 글자는 그릇 속에 물이 담겨서 상하좌우로 부딪쳐 내는 소리를 표현한 글자입니다. 후에는 물이 요동치는 모양이나 요동쳐서 사방으로 물이 흩어지는 것을 의미하게 되죠. 그러니 蕩(탕)은 '씻다, 흩어지다'라는 의미로 변화가 되어, '분탕'은 다 불살라 버리다, 흩어버림을 말하거나, 소동을 일으켜 정신없게 하는 것을 말하게 됩니다. 이를 우리말에서는 '분탕질'이라고 표현하는 것을 들어보셨을 것입니다. 즉, 焚身(분신)은 몸을 태우는 것이고, 焚溺(분닉)은 불에 타고 물에 빠져 죽는 것이며, 焚滅(분멸)은 불에 타 사라지는 것입니다.

書(서)의 윗부분은 聿(율)로, 가운데 위 아래로 표시된 것은 어떤 도구를 말하고 나머지는 다섯 손가락을 말합니다. 그러니까 손에다 무언가를 쥐고 있는 모양이죠. 그 대표적인 것이 '붓'이다 보니 '붓 율'이라고 하지만 사실 붓만 해당하는 것은 아닙니다. 꼬챙이가 될 수도 있습니다. 곧 기록하는 도구를 손에 쥐고 曰(왈), 말하는 것이니까 이 한자의 뜻은 말의 기록인 글, 혹은 글을 기록한다는 의미, 혹은 글이 기록된 것이란 의미로 확장됩니다. 冊(책)이라고 하지만 책과는 다르죠. 책은 죽간에 글을 써서 하나로 꿰어 놓은 모양을 형상화한 것이니까요.

冊의 갑골문

書(서)는 그 보다 훨씬 범위가 넓어서 책이 될 수도 있고, 종이가 될 수도 있고, 죽간이나 비단, 토기 등이 될 수도 있습니다. 무언가를 기록한 매체면 모두 해당하니까요. 그러니 讀書(독서)는 꼭 책만 읽어야 하는 것은 아닙니다. 기록된 매체가 무엇이든 읽는 것 자체가 중요하지요. 그러나 지금 이 단어는 '책을 읽다'가 거의 고정된 의미로 사용되고 있습니다.

따라서 焚書(분서)란 책의 형태로 된 것뿐만 아니라 '모든 기록물을 불살라 버렸다'는 의미입니다.

坑儒(갱유)에 대해서는 참 여러 설이 있는데, 글자에 대해 먼저 언급하고 이어가겠습니다. 坑(갱)은 坑口(갱구), 坑內(갱내), 坑道(갱도) 등에 활용됩니다. 이 한자는 흙(土)이 빈 곳이란 의미로 '구덩이나 흙을 비운 곳, 비운 곳을 채우다' 등의 의미로 활용됩니다. 儒(유)는 需(수)라는 사람을 지칭하는 것으로, 원래 이 글자의 의미는 '배운 사람, 공부하는 사람'이라는 의미입니다. 특히 춘추 시대 때 무당과 사관, 제사장, 점쟁이 등으로 분화될 때 시서예악(詩書禮樂)을 잘 알아서 귀족들에게 정보를 제공하는 술사를 가리키는 말이었습니다. 후에 공자의 학술을 공부하는 사람을 지칭하기도 했으나 진나라 때의 유생은 곧 공부하는 사람, 그 중에서도 술사를 말합니다. 그러니 갱유는 '술사를 구덩이에 묻음'이라는 의미입니다. 곧 우리가 알고 있는 유학, 다시 말해 공자의 제자들을 땅에 묻었다는 의미가 아닙니다. 그래야 상황에 맞습니다. 후생과 노생 때문에 잡아들여 죽이는데 공자학을 공부하는 사람들을 죽이는 것은 이치에 맞지 않습니다. 그렇다면 왜 이러한 설이 나오게 된 걸까요? 이유는 간단합니다. 중국의 한나라가 공자의 학술을 부흥시키면서 우리가 배워야 하고 따라야 할 이념은 공자학이고 이는 모든 이들이 배워야 할 유학이며, 이를 배우는 이들은 유생이 되기 때문입니다. 곧 공자의 학설은 이제 춘추전국 시대의 수많은 사상가와 학파를 다 제치고 학습의 제1대상이자 유일한 학문으로 대접받게 됩니다. 이후 우리는 유를 유생, 유학, 공자의 학문으로 자연스럽게 연결하게 됩니다. 이와 같은 관점은 갱유를 접할 때도 적용되어 갱유는 유학자들을 땅에 묻었던 일, 유학은 진나라에서 박해받은 학문으로 인식되게 됩니다.

그러나 어쨌든 진나라 때 많은 공자 학설 추종자들이 어려움을 겪은 것은 사실입니다. 분서 사건은 그들이 보고 읽고 따라야 할 기록을 없앤 사건이니까요. 이제 그들은 기록이 아닌 기억에 의존해 공자의 학문을 전승하거나 관리의 눈을 피해 숨긴 일부를 가지고 공부를 할 수 밖에 없었습니다.

2. 벽중서의 발견과 고문경학파

"어이, 거기! 좀 더 위로 더 위로!"

세상이 바뀌었다. 끝날 것 같지 않던 진 나라가 사라지고 항우와의 싸움에서 유방이 이겼다. 유방은 나라를 새롭게 세우고 "한"이라고 이름 지었다. 그리고 모든 사람들이 바라던 새로운 정치, 백성을 위한 정치를 내세웠다. 공자의 정치 이론에 따라 인과 예의 나라를 건설하기로 약속했다.

그리고 오늘 우리는 지금 이곳 곡부(曲阜, 취푸)에서 공자의 집을 다시 중수하고 있다.

진 나라를 거치면서 완전히 폐허가 되어 보잘 것 없어진 공자의 집은 이제 새로운 시대에 다시 빛날 수 있게 되었다.

"어이쿠. 이게 뭐야? 여보게, 여보게! 이리 좀 와보게"

"이게 뭐야? 책 아니야?"

벽을 고치던 중 이상한 것들이 벽 안에서 나왔다. 죽간 묶음과 글씨가 써진 비단 등이 발견되었다.

"자네 그 소식 들었나? 공자님의 故居(고거)에서 여러 기록들이 발견되었다네."

"나도 그 소식은 들었네. 근데 그것들이 뭐라던가?"

"정확히는 알 수 없지만 몇몇 기록들을 볼 때 ≪논어≫와 ≪시경≫, ≪서경≫같은 것일 수 있다고 하더군."

진 시황, 곧 진나라 첫번째 황제의 분서 사건 때 일부 사람들은 자신들이 소지했던 문헌마저 불살라질까봐 일부를 공자의 옛집 벽에 넣고서 벽을 막았습니다. 덕분에 공자의 집을 보수하던 중

벽 안에서 문헌들이 발견될 수 있었다. 벽 안의 문헌, 곧 '壁中書(벽중서)'였습니다.

이 벽중서의 존재가 중요했던 이유는 말로만 전해지거나 일부만 전해지던 유가의 주요한 문헌의 실체를 이제 직접 눈으로 확인할 수 있게 되었기 때문이었습니다. 이 문헌들이 발견되기 전까지만 해도 유가의 여러 학설과 그 증거는 일부 학자들이 전해들었던 이야기와 몇몇의 단편적 문헌만이 전부였습니다. 그들은 다시 옛 유가의 도서를 복원하려 하였고, 해석을 부여하려 했으나 실제 그들의 주장은 완전하지 않았습니다. 이들을 '금문경학파'라고 합니다. 금문이란 한나라 당시 사람들이 '지금 글자(今文:금문)의 경서를 연구하는 무리들'이란 뜻입니다. 그들의 주장은 늘 논쟁의 대상이 되었습니다. 증거가 없는데 신뢰하기에는 너무 이상한 주장들이나 근거가 많았기 때문이었습니다. 이러한 상황에서 진나라 이전에 만들어진 경서가 발견된 것입니다. 드디어 옛 문헌의 진면목을 확인할 수 있게 되었으니, 당연히 이러한 옛 문헌을 중심으로 연구해야 한다는 古文(고문) 경학파가 등장하게 됩니다.

그런데 문제가 있었습니다. 벽중의 문헌들은 알 수 없는 한자의 모양이었습니다. 한나라 사람들인 자신들은 진나라가 6국을 통일한 후 제작한 소전은 알고 있었으나 그 이전의 한자 자형은 학습해 본 적도, 심지어 본 적도 없었습니다. 책들이 사라졌으니 배울 수도 없었죠. 분명 한자는 한자이나 우리가 알 수 있는 한자가 아니었습니다. 더욱이 몇몇 한자의 음은 우리가 이해할 수 없는 것들이었습니다. 이런 옛 글자를 이들은 古文(고문)이라고 불렀습니다.

자연스럽게 고문경학파의 주된 관심은 벽중서의 글자를 해석하고 그 쓰임을 밝혀 올바른 해석을 하는 것이었습니다. ≪설문해자≫를 쓴 허신은 바로 고문경학파의 대표적인 인물이었습니다. 허신은 서문에서 ≪설문해자≫를 저술한 의도는 바로 바른 정치를 하기 위함이고, 바른 정치는 바른 경전의 해석에서 출발하며, 바른 경전의 해석은 바른 글자의 해석에 기초한다고 생각했습니다. 허신이 한자의 해석에 매달렸던 근본적인 이유는 바로 올바른 경전의 해석이었습니다. 그 이후로 한자의 형태와 성운, 의미에 관한 연구는 줄곧 경서를 연구하는 학문의 하 종류로 인식되었습니다.

여기서 생각해 봐야 할 것이 있습니다. ≪설문해자≫에는 약 1만 여자가 표제자로 수록되어 있습니다. 표제자란 풀이의 대상이 되는 자형을 말합니다. 우리말 사전에는 표제어가 있는 것과 같습니다. 이렇게 어휘의 풀이를 중심으로 하면 어휘를 뜻하는 詞(사)

나 辭(사)를 사용하여 어휘 모음집이란 의미로 '사전'이라고 합니다. 물론 辭典(사전)과 詞典(사전), 事典(사전)은 의미적으로 차이가 있습니다. 詞(사)란 언어학에서 가장 작은 의미 단위를 가진 대상을 지칭합니다. 명사, 동사, 형용사, 대명사 등등 모두가 이 글자를 사용합니다. 이 때 詞(사)는 한 글자가 될 수도 있고, 여러 글자로 구성될 수도 있습니다. '가장 작은 의미 단위'이면 되니까요. 반면 辭(사)는 亂(난)과 辛(신)의 결합입니다. 亂은 여러분이 자주 들어 아는 '어지럽다, 혼란스럽다'가 본의가 아니라 '잘 다스리다, 무질서를 정리하다'는 뜻이었습니다. 후에 '통치'라는 뜻 이외에도 '혼란, 반란, 전쟁, 어수선함, 소란' 등의 의미로 파생됩니다.

辛의 갑골문

辛(신)은 고문을 하는 도구입니다. 위에는 손잡이, 아래는 날카로운 침을 그린 것입니다. 그러니까 원래 辭(사)는 어지러움을 정리하는 형벌을 내리기 위한 '송사', 혹은 '송사를 내다' 등의 의미였는데, 여기서 '송사 중에 변호하는 말, 그 사이에 오가는 말'이란 의미로 변하면서 덮어주는 말, 꾸민 말 등으로 변하면서 文辭(문사) 등으로 활용되게 됩니다. 그러니까 엄밀히 말해 辭典(사전)은 우리의 언어 생활에서 사용되는 어휘들을 모아 놓은 책인 셈입니다. 여기에는 의미의 최소 단위와 같은 규정은 필요하지 않습니다. 한편 事典(사전)은 여러 역사적 일을 비롯하여 사람들이 만들었고 사람들로 인해 생겨난 많은 대상을 기록한 책입니다. 바로 百科事典(백과사전)이라고 할 때의 사전입니다. 百科(백과)는 모든 종류라는 의미입니다. 때로는 이 세 단어를 서로 교차해서 사용하기도 하지만 엄밀한 의미에서 서로 다른 대상을 묶어 놓은 도서입니다. 반면 字典(자전)은 한자를 표제자로 하여 모아 놓은 책입니다. 당연하게도 영어라면 자전이 없겠지요. 자전은 한자를 사용하는 국가에서만 존재하는 특별한 양식입니다.

다시 돌아가서 보면 ≪설문해자≫에는 표제자가 약 1만여 자이지만 청나라 때 ≪강희자전≫에는 5만 여자가 됩니다. 시간이 흐를수록 기록하는 한자의 숫자가 증가한 것이죠. 그럼 先秦(선진), 즉 진나라 이전 시대에는 어땠을까요? 당연히 한나라 허신이 살던 때보다 한자의 숫자가 적었을 것입니다. 그럼 어떻게 했을까요? 한 모양의 한자에 여러 의미를 적용합니다. 이때 의미를 구별하기 위해서 음을 달리합니다. 이를 모양은 같은니 같을 동(同)을 써서 '동형(同形)'이지만 음이 다르니 '이음(異音)'이고 의미가 다른 '이의(異義)', 즉 동형이음이의 한자가 많았던 셈입니다.

한나라 허신을 비롯하여 많은 사람들은 현재 우리가 가지고 있는 의미로 풀이하고자 합니다. 그래서 선진 문헌을 읽으면서 이 글자는 현재 무슨 글자의 음과 무슨 의미라고 부가 설명을 다는데, 이를 '註(주)'라고 합니다. 한 번쯤 들어보셨을 지도 모르겠는데 송나라 주자가 저술한 ≪사서집주≫는 ≪논어≫, ≪맹자≫, ≪대학≫, ≪중용≫ 사서의 문장에 역대 학자들과 자신의 주를 모아(集, 집) 놓은 책입니다. 다시 말해, 어떤 책 뒤에 '○○주'라고 붙어 있으면 원래 문장을 '○○가 다시 설명했구나'라고 생각하시면 됩니다.

이처럼 해석을 하나 하나 밝히는 학문을 '훈고학'이라고 합니다. 훈고학은 문장 속에서 한자의 다양한 의미를 밝히는 데에 목적이 있습니다.

그럼 ≪논어≫ 첫 문장의 說은 후대에 사람들이 "지금의 '열'이라고 발음하는 '기쁘다'라는 뜻이 되어야 해"라고 설명했기 때문이라는 것을 알 수 있습니다. 溫故知新(온고지신)에서 溫(온)을 '익히다'라고 한 것도 같은 이유입니다.

이와 같이 주를 같이 풀이하는(釋, 석) 주석의 경향은 청나라를 거쳐 오늘날까지도 이어지는 하나의 전통이기도 합니다. 우리는 주석을 통해 그 주석을 한 사람의 생각을 알 수 있고, 주석의 차이를 통해 시대별, 인물별, 지역별 차이도 알 수 있습니다. 주석은 또 하나의 '정보 집합체'니까요.

3. 한자 수량의 증가 배경

이왕에 한자 수량에 대한 이야기가 나왔으니 조금 더 보충하겠습니다. 물론 지금 이 글을 읽고 계신 분들은 한자학 관련 지식이 충분하셔서 설명이 필요치 않겠으나 확인한다고 생각하시고 슬쩍 눈으로 지나가셔도 좋겠습니다.

한자의 수량 증가의 원인은 크게 세 가지입니다.

첫 번째는 사회 문화의 발달로 표현해야 하는 개념이 증가하거나, 개념을 분리해서 표현해야 하는 사회가 되었기 때문입니다. 물론 한자를 만들지 않고 기존 한자를 결합해서 두 음절 혹은 서너 음절의 詞(사)를 활용하기도 합니다. 君子(군자), 小人(소인) 등이 그 예입니다.

두 번째는 서체의 변화와 현재 사용하는 서체에 옛 서체를 현재화하는 습관이 더해졌기 때문입니다. 이미 갑골문도, 소전도 사용 기한이 지나 우리는 해서를 기본으로 사용하고 있습니다. 그런데 어떤 사람들이 소전이나 초서의 모양을 보고 해서처럼 사용합니다. 이런 것을 '해서화했다'라고 해서 '諧化(해화)'라고 합니다. 대표적인 것이 간화자에서 채택한 초서 모양입니다. 초서와 해서는 완전히 다른 것이므로, 해서의 모양을 표준화해야 하는데, 해서를 기본으로 하면서 초서의 획이나 일부 구성 요소를 해서화시켜서 사용하는 예입니다. 곧, 馬(마) 모양이면 충분한데, 초서의 모양을 해화한 马(마)를 더해서 같은 해서 안에 두 글자가 서로 이체 관계로 존재하게 됩니다.

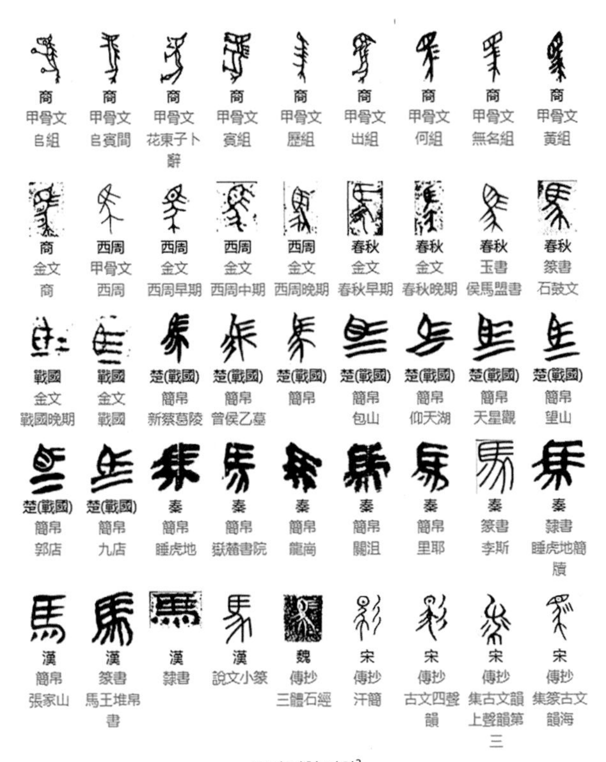

馬의 자형 변화[2]

세 번째는 이체의 증가입니다. 이체란 동음동의이면서 이형인 한자를 말합니다. 풀어서 말씀드리면 음도 같고 의미도 같은데 모

2 자형 변화 이미지는 zi.tools 字統网에서 발췌하였습니다.

양만 다른 한자 간의 관계를 이체 관계라고 합니다. 기원전 2,500년 전 갑골문에는 人의 모양이 하나가 아닙니다. 쓰는 사람마다 달리 썼습니다.

갑골문에 나타난 人의 다양한 자형

전국시대 때 여섯 나라의 한자는 동일한 것도 있지만 동일한 모양이 아닌 것도 있습니다. 중국 어느 역대 왕조뿐만 아니라, 한국과 일본, 베트남에서도 이러한 현상들이 모두 발견됩니다. 표준화되고 규범화되어 통일되지 않으니, 당연히 다른 모양의 한자는 계속 증가합니다.

이체가 왜 만들어질까요? 여러 이유가 있습니다. 간략하게 하기 위해서, 본래 글자의 모양을 회복하기 위해서, 사람 이름에 우리 가문의 특별한 의미를 담기 위해서, 획이나 일부 구성요소가 바뀌거나 생략되거나 증가되거나, 서로 위치가 변하거나 등등 그 형태도 매우 다양합니다. 명칭도 다양해서 속자, 별자, 와자, 이체자 등등입니다.

그러나 무엇보다 주목해야 할 것은 사회 문화의 발달로 인한 언어의 발달, 언어의 발달로 인한 신생 어휘의 필요성과 기존 어휘의 의미별 분류의 필요성 등입니다.

4. 다시 논어 첫 문장으로

이제 다시 1강에 말했던 ≪논어≫ 첫 문장으로 돌아와 볼까요?

> 學而時習之 不亦說乎,
> 有朋自遠方來 不亦樂乎,
> 人不知而不慍 不亦君子乎.

이 문장에서 說을 '열'이라고 읽고, '기쁘다'라고 풀이하는지는 이미 설명했습니다. 그럼 왜 이 문장이 ≪논어≫의 첫 문장이 되었을까요?

우리가 어떤 현상을 볼 때에는 몇 가지 방법이 있습니다. 예를 들어, 조선 시대의 유명한 시인으로 알려진 허난설헌에 대해 알아볼까요?

우리는 우선 허난설헌의 가계와 그녀의 삶과 관련된 문헌들, 그녀가 남긴 여러 자료를 수집합니다. 수집한 자료가 한문으로 기록되어 있으면, 한문의 언어 형식과 한자의 쓰임에 따라 문장을 하나씩 현재 우리가 이해할 수 있는 언어로 바꿉니다. 허난설헌과 관련된 자료를 수집하는 것은 언어 재료를 수집하는 것으로 이때에도 이것이 유용한 자료인지 아닌지 판단하는 눈이 필요합니다. 그리고 이것을 현재 우리의 말로 옮기는 것을 '번역'이라고 합니다. 물론 번역은 의미역이 많을수록 번역하는 사람이 허난설헌에 대해 갖고 있는 가치가 개입될 수 있습니다만, 직역이라고 하면 이는 단순히 한문 문장을 우리말로 바꿔 놓는 과정일 뿐입니다. 우리는 이것을 번역이라고 합니다. 그리고 작품을 읽으면서 허난설헌의 삶과 작품이 만들어진 당시의 사회적 배경, 허난설헌의 처지 등을 모두 종합합니다. 그리고 여인으로서 허난설헌의 모습을 통해 그녀의 작품을 이해하게 되면, 그녀가 왜 당시에 이런 작품을 썼는지 짐작하게 됩니다. 우리는 이를 분석과 해석이라고 합니다. 따라서 분석은 다양한 데이터를 수집하고 그 데이터들을 객관적이며 논리적으로 그룹화하고 분류하는 과정을 통해 당시의 상황에 최대한 가깝게 이해하려고 합니다. 그러나 이렇게 나온 결과에 대해서 우리는 다양하게 해석을 합니다. 해석은 해석자의 주관적 영역이기 때문입니다. 이럴 때 우리는 사실과 해석을 달리 말하기도 합니다.

역사적 사실은 항상 해석자 입장에서의 선택이기도 합니다. 인류가 기록할 수 있었던 그 때부터 매일 매 순간의 모든 사건과 모든 사람이 역사에 기록되지는 않습니다. 결국 역사 서술은 서술자의 관점에 의해 선택된 기록의 집합체이고, 우리는 그 집합체를 보고 나름의 역사관을 가지게 됩니다. 이렇게 장황하게 설명하는 이유는 위의 문장이 왜 ≪논어≫의 처음이 되었을까에 대한 설명 또한 저의 주관적 해석이기 때문입니다. 따라서 이 글을 읽고 있는 분들과 생각이 다를 수 있습니다. 또 누군가는 다른 이야기와 해석을 할 수도 있습니다. 이것이 인문학의 매력입니다. 인문학은 정해진 답이 있는 것이 아닙니다. 각자의 관점과 시각, 가치관과 세계관에 따라 모든 것을 다르게 볼 수 있습니다.

저는 이 문장은 바로 제자들이 바라본 공자의 삶이었다고 생각합니다. 관직, 금전, 권력, 어떤 것에 있어서도 공자는 성공한 사람은 아닙니다. 그가 오로지 자신의 삶에서 가장 가치있고 즐겁게 여긴 것은 자신이 추구하는 배움을 늘 하는 것이었습니다. 어려서부터 죽음에 이르기까지 공자에게 배움이란 가르침이었고, 그것은 그의 평생에 가장 즐겁고 행복한 일이었습니다. 그의 가치관이었습니다. 그가 배우려 했던 것은 무엇일까요? 사람됨이었습니다. 무엇을 배워 깨닫고 그것을 통해 실천하여 다시 모두가 함께 잘 사는 사회로 돌아갈 수 있을까, 왜 인간은 이렇게 이기적인 존재로 변하게 되었을까, 어떻게 다시 자신을 수양하여 이타적인 존재가 될 수 있을까는 공자의 삶에 항상 존재했던 질문이었습니다. 그는 사람을 통해 배우고, 책을 통해 배우고, 생각함을 통해 배웠습니다. 그러한 공자를 이해할 수 있는 사람은 많지 않았습니다. 오직 제자들만이 공자를 위대한 스승으로 이해하고 있었으니, 공자를 규정짓는 말로 '배움'을 기뻐하는 사람을 선택했습니다.

공자를 이해하고 받아들여주는 자신들과 같은 사람이 있다는 것은 행복함이지만, 그렇다고 모든 사람들이 다 그렇지 않다는 것도 잘 알고 있습니다. 어쩌면 공자와 같은 삶의 가치관과 태도를 가진 사람을 알아주는 이가 없을 지도 모릅니다. 그러나 내가 생각하지도 못했던 날에, 생각하지도 못했던 먼 곳에서 나를 알아주는 이가 편지라도 보내준다면 얼마나 기쁜 일이겠습니까?

제자들은 그러한 공자를 군자로 생각합니다. 그들이 생각하는 군자란 권력자도 아니고 재산가도 아니며, 자기 수양이 잘된 사람도 아닙니다. 최고의 군자는 바로 공자였습니다.

제가 생각하는 이 문장은 제자들이 바라본 스승 공자이자, 자신들이 지향하는 삶이었습니다. 누가 알아주면 좋겠지만 알아주지 않더라도 묵묵히 자신이 지향하는 공부를 게을리 하지 않는 스승 공자입니다. 배우기를 게을리 말자, 나를 알아주는 사람이 세상 어딘가에 분명히 있다. 주변 사람들이 나를 알아주지 않으면 어떠하랴, 나는 지금 바른 길을 가고 있으니 그것으로 충분하다. 이 문장은 바로 우리에게 그러한 삶의 메시지를 전해주고 있습니다.

인간 모두가 다 같은 길을 선택할 필요는 없습니다. 모든 사람들이 권력을 가질 수도 없고, 손흥민이 될 수도 없습니다. 모두가 다 의사가 될 수도 없습니다. 우리는 그 길이 얼마나 좁고 험한 길인지 알고 있습니다. 그러나 그 보다 더 중요한 것은 왜 우리가 누구와 같은 삶을 살도록 누군가에게, 아니면 자기에게 강요당해야 할까요? 세상 모든 것은 다 나름의 가치가 있습니다. 농부가 좋은 쌀을 재배해야 우리는 맛있는 밥을 먹을 수 있습니다. 정비사가 정비를 해 준 덕에 차는 안전하게 운행될 수 있습니다. 가치없는 것은 없습니다. 다만 우리 스스로가 그 가치를 부정하거나 외면할 뿐입니다. 가치롭지 않은 것은 없습니다. 다만 그 가치를 가치롭게 인정해 주지 않는 사회와 정치가 잘못된 것입니다.

≪논어≫의 첫 문장에서 이야기합니다. 남들이 알아주든 알아주지 않든 자신이 선택한 공부를 하라고요. 그러면 충분합니다. 이미 그렇게 하고 계신다고요? 잘 살고 계신 것입니다. 삶의 주인공은 나이지, 나를 바라보는 사람들이 아닙니다.

5. 공자가 말하는 仁

이왕 시작하였으니, 공자가 말하는 인에 대해서 ≪논어≫의 몇 문장을 통해 알아보았으면 합니다.

> 樊遲問仁, 子曰: “愛人”, 問知, 子曰: “知人”.
> 번지문인, 자왈: “애인”, 문지, 자왈: “지인”

> 번지가 인을 물었더니 공자가 말하기를 ‘다른 사람을 사랑하는 것이다.’라고 했다. 지혜를 묻자 공자가 말하기를 ‘사람을 아는 것이다.’라고 했다.

번지라는 공자의 제자가 있습니다. 번지에 대해서 잘 알려진 바는 없습니다. 공자의 제자는 모두 3천 명에 이르렀지만 그 중에 알려진 제자는 수십 명에 지나지 않습니다. 가장 잘 알려진 제자는 안회라는 인물이죠. 안회에 대해서는 잠시 뒤에 말씀드리겠습니다.

알려진 바에 의하면 번지의 성은 樊(번)이고 이름은 須(수), 자는 子遲(자지)라고 합니다. 공자보다 36세 연하로 노나라 사람이었다고도 하고, 제나라 사람이었다고도 합니다. 번지는 주로 공자의 수레를 몰았다고 합니다.

이 문장을 보면 제자인 번지가 공자에게 물었다고 합니다. 실제 ≪논어≫에는 이렇게 제자 누군가가 공자에게 질문을 하는 장면이 많이 등장합니다. 그럴 때 마다 '~묻기를'이라고 씁니다. 그리고 曰(왈)이 등장하는데, 왈은 직접 인용을 나타냅니다. 이 날은 번지가 공자에게 인이 무엇인지 물었습니다. '번지가 인을 물었더니, (공자가) 말하기를....'과 같은 형식이 됩니다. 공자가 뭐라고 대답하나요? 애인이라고 합니다. 현재 우리말로 애인이라고 하면 사랑하는 이성을 뜻하지만, 예전에 애인은 다른 사람을 사랑함을 말합니다. 한문을 공부하다 보면 이처럼 현재 우리말 어휘와 같은 형태가 많이 등장합니다. 이와 같은 어휘를 우리는 한 뭉치로 받아들이는 경우가 많은데, 정말 조심하셔야 합니다. 한문은 하나의 글자가 모두 의미를 지니고 있습니다. 그리고 뜻을 풀이해 보면 구나 절이 됩니다. 예를 들어, 愛人(애인)은 '다른 사람을 사랑하다'가 되고, 讀書(독서)는 '책을 읽다'가 됩니다. 起床(기상)은 '침대에서 일어나다'가 되죠. 食怯(식겁)은 '겁을 먹다'가 됩니다. 過食(과식)은 '지나치게 먹다'이죠.

여기서 공자는 인을 다음과 같이 정의합니다. "다른 사람을 사랑함이다". 그랬더니 번지는 한 가지를 더 물어봅니다. "知(지)란 무엇입니까?" 곧 안다는 것은 무엇입니까? 공자는 앞의 말을 이어서 이야기합니다. "사람을 아는 것이다."

우리가 다른 사람을 알 수 있을까요? 가끔씩 그런 말을 합니다. 나도 나를 잘 모르는데, 어떻게 다른 사람을 알겠어. 그건 불가능해. 그렇습니다. 우리도 매일, 매순간 바뀌는 자신도 잘 알지 못합니다. 인간이니 어쩔 수 없습니다. 조금 전까지는 이렇게 해야지 하다가도 금세 다르게 말하고 행동합니다. 이제 상처주는 말은 하지 말아야지 하면서도 또 금방 상대방에게 상처 주는 말을 하곤 금세 후회하게 됩니다. 그러한 내가 어떻게 다른 사람을 알겠습니까? 그러나 다시 생각해보면 내가 다른 사람, 내 주변에 있는 사람을 이해하고 알려고 노력하는 것이 바로 사랑입니다. 나는 나대로, 너는 너대로, 그 사람은 그 사람대로라고 하는 것은 아무런 관심도, 애정도 없다는 의미입니다. 상대방이 무엇을 좋아하지는, 무엇을 싫어하는지, 무엇을 바라고 있는지, 무엇을 부담스러워하는지, 나의 어떤 모습을 좋아하는지, 어떤 문제에 대해 어떻게 생각하는지 궁금하고, 알려고 하는 것은 관심입니다. 관심은 곧 상대방에 대한 배려와 존중입니다. 그리고 그것은 애정입니다.

공자가 말하는 인은 어쩌면 어려운 것이 아닐 수도 있습니다.

상대방을 알려고, 이해하려고 노력하는 것이 사랑이며, 사랑이 곧 인입니다. 곧 나를 넘어 다른 사람을 아끼는 태도인 셈입니다.

그래서 공자는 다음과 같이 말하기도 합니다.

> 子曰: 惟仁者, 能好人, 能惡人.
>
> 자왈: 유인자, 능호인, 능오인.

> 공자가 말하기를 오직 사랑할 수 있는 사람만이, 혹은 오직 인한 사람만이 능히 다른 사람을 좋아할 수 있고, 능히 다른 사람을 미워할 수 있다.

사람이 살다보면 참 싫은 사람이 많습니다. 반대로 좋아하는 사람도 많습니다. 너무 쉽게 저 사람은 좋은 사람인 것 같아, 저 사람은 나쁜 사람이야, 가까이 하면 안돼. 그런데 우리가 어떤 사람을 보고 어떻게 좋은 사람, 나쁜 사람을 가릴 수 있을까요? 우리는 그 사람에게 어떤 사람인가요? 좋은 사람인가요? 나쁜 사람인가요? 여기서 '惡'자가 등장하는데, 이 글자는 일반적으로 두 가지 음에 따라 각기 다른 의미를 나타냅니다. '악'이라고 읽으면 '악하다', '나쁘다'라는 뜻이 되어서 '선악을 가리다', '악마', '악질', '악행', '죄악' 등의 단어로 쓰여 善(선)과 반대되는 뜻을 가집니다. 한편 '오'라고 읽게 되면 '미워하다', '싫어하다'가 되어 憎惡(증오)라고 읽고, 이 때는 好惡(호오)와 같이 好(호)의 반대 의미가 됩니다. 바로 위의 문장에서 공자는 인을 사랑, 다른 사람을 아는 것이라고 이야기했습니다. 그리고 여기서 인한 사람, 곧 다른 사람을 알려고 노력하는 사람만이 다른 사람을 좋아할 수도, 미워할 수도 있다고 합니다. 이때 공자는 能(능)이라는 한자를 사용합니다. 能(능)은 잘 아시는 것처럼 '~할 수 있는 능력'을 말합니다. 그래서 能力(능력), 才能(재능) 등으로 활용이 됩니다. 이 문장을 다르게 보면 이렇게 볼 수 있지 않을까요? 누군가 다른 사람을 향해 평가를 하려거든, 너 자신부터 仁(인)을 갖춘 사람이 되어야 한다. 아직 仁(인)도 가지지 못하면서 함부로 평가하지 말아라, 아직 그럴 수 있는 능력이 너에게는 없다고 풀이하면 지나친 것일까요? 그런데 세상살이가 참 그렇습니다. 우리는 상대방이나 어떤 사람처럼 말하거나 행동하지도 못하고, 그를 알려고 노력하지도 않으면서 쉽게 판단하고 쉽게 평가합니다. 누가 우리에게 그럴 수 있는 능력을 주었나요? 사실 누구도 그렇게 하면 안 되는 것이죠. 사람은 완벽할 수 없습니다. 어떤 사람도 똑같은 환경에서, 똑같이 태어나,

똑같이 자라지 않습니다. 얼굴마다 생김새가 다르듯이 모든 사람들은 다 다른 성격을 가지고 있습니다. 같은 환경에 처하더라도 사람마다 그 선택과 해결 방법은 모두 다릅니다. 그러니 우리는 어떤 사람의 가치관이나 판단, 결정을 두고 평가를 할 수는 있어도 그 사람 자체에 대해 평가할 수는 없습니다. 그것은 그 사람의 몫일 뿐이지, 우리의 몫이 아닙니다. 우리가 해야 할 일은 나 자신에게 물어야 합니다. 내가 그럴 능력이 있는 사람인가? 나는 그 사람을 이해하려고 얼마나 노력했을까? 나라면 그 상황에서 어떻게 결정했을까? 그래서 공자는 본인 스스로 먼저 다른 사람을 자신처럼 아끼고 이해하는 仁을 가져야 한다고 말했던 것은 아닐까요?

그러면서 다음과 같이 말하기도 합니다.

君子務本, 本立而道生, 孝弟也者, 其爲仁之本與!
군자무본, 본립이도생, 효제야자, 기위인지본여!

군자는 근본에 힘쓴다. 근본이 서면 도가 생겨난다. 효도와 우애라는 것, 그것이 인을 하는 근본이로구나.

공자는 인을 행하는 것 중에서 가장 근본, 즉 시작은 자기와 가장 가까운 사람들에 대한 것이라고 했습니다. 자신을 낳고 키워 지금의 내가 있게 한 부모를 아끼는 마음과 한 부모 아래 같이 성장한 형제자매를 아끼는 마음입니다.

父의 갑골문

母의 갑골문

父(부)는 누군가 설명하듯 긴 눈썹과 팔자 주름을 그린 것이 아닙니다. 손에 도끼를 든, 다시 말해 생계를 위해 무엇인가를 하는 모습을 형상화한 것입니다. 후에 도끼의 모양을 더해서 斧(부)라는 한자가 분화됩니다. 그래서 도끼 이외에도 도끼를 사용하여 '베다' 혹은 '도끼 무늬'라는 의미로 사용됩니다. 父(부)는 도끼를 손에 쥐고 있다, 혹은 도끼라는 의미를 더 이상 사용하지 않고, 아버지라는 의미로만 사용됩니다. 아버지는 그렇게 밖으로 나가 가족의 생계를 위해 무엇인가를 하는 사람입니다. 어머니는 母(모)라고 합니다. 이 한자는 여성의 양쪽 가슴을 강조했습니다. 곧 자식에게 먹을 것을 주어 키우는 사람을 어머니의 모습이라고 표현했습니다. 때로 사람들이 毋(무)와 혼동하는 경우가 있는데, 그 모양이 비슷해서입니다. 갑골문을 보면 실제 이 두 글자는 연관이 있습니다. 母의 위 아래에 있는 것이 양쪽 가슴인데, 그곳을 한 줄로 그어 놓은 것이 毋입니다. 곧 자식을 먹이는 행위, 혹은 여성을 범하는 행위를 막아놓은 모양이고, 이후로 금지의 표현으로 '~마라', '없다' 등의 의미로 사용됩니다. '따질 것도 없이'라고 할 때 사용하는 勿論(물론)과 유사하게 사용하는 毋論(무론)도 있습니다.

이렇듯 아버지는 밖에서, 어머니는 안에서 가정과 자식을 돌보는 존재입니다. 시대가 달라져 역할이 조금씩 달라졌지만 자식을 낳고 기르는 것이 부모의 역할임은 달라지지 않았습니다.

어머니 뱃속에서 긴 시간을 거쳐 어머니에게 세상 어떤 것과도 비교할 수 없는 아픔을 주는 동시에 세상 어떤 것도 줄 수 없는 기쁨과 행복을 주면서 아기는 세상의 공기와 만나고, 눈을 떠 세상을 마주합니다. 가장 먼저 만나는 사람, 그리고 내가 필요한 것이 있을 때마다 나보다 먼저 알아서 밥을 주고, 옷을 입혀주고, 씻겨주고, 심지어 트림이 나오도록 해주고, 내가 혹시나 아플까봐, 기분이 안 좋을까 한시도 눈을 떼지 않는 존재가 부모입니다. 자신의 입에 들어가는 음식보다 자식 입에 들어가는 음식이 중요하고, 자신의 옷가지보다 자식의 옷가지가 더 중요합니다. 자식을 위해서라면 무엇이든 할 수 있는 '슈퍼 맘', '슈퍼 대디'가 됩니다. 대부분의 자식들은 부모로부터 무한한 관심과 사랑을 받습니다. 그렇게 키워져서 우리는 지금의 우리가 되었습니다.

세상에 태어나면서부터 한 집에서 자신과 항상 함께 있던 사람은 형제입니다. 나보다 먼저 태어났으니 형이고, 나보다 늦게 태어났으니 제입니다. 兄(형)은 몸보다 다리를 강조한 모양을 가지고 있습니다. 형은 한 집안에서는 물리적으로 나이가 많은 것을 의미하지만, 친족들 사이에서는 항렬이 높을 때도 형이라고 하고, 또 상대방을 존중할 때도 형이라는 단어를 사용합니다. 사회적으로 형이라는 호칭은 딱히 나이가 많은 것만을 의미하지는 않습니다. 지금도 성을 붙여 김형, 박형이라고 부르는 것은 한국 사회에서는 조금 낮은 호칭처럼 느껴지지도 하지만, 중국에서는 서로가 서로를 존중할 때, 내가 당신을 형처럼 존중한다고 할 때 사용하는 표현입니다. 같은 한자를 사용한 호칭이지만 조금 다른 정도의 차이가 있습니다. 弟(제)는 자신보다 나이 어린 사람을 호칭합니다. 弟는 나무토막에 줄을 칭칭 동여맨 그림에서 시작해서 줄을 묶은 순서를 의미합니다. 그런데 집안의 태어난 사람의 순서를 정해 '아우'라는 의미로 많이 사용하게 되자, 위에 竹(죽) 대나무를 붙여 순서라는 의미의 글자 第(제)를 만들어 순서라는 의미는 그 쪽에 넘겨주고, 이 글자는 '아우'를 대표하는 의미로 사용합니다. 한자의 분화를 보다보면 이같이 어떤 한자가 두 가지 혹은 세 가지 의미로 사용할 때 사용상의 혼란을 막거나 의미를 분명하게 하기 위해 어떤 요소를 더해서 새로운 글자를 만들고 의미를 분리해 주는 경우가 있습니다. 이러한 글자를 어떤 것에서 의미와 모양이 분화되었다라고 해서 '분화자'라고 이야기하기도 합니다.

兄의 갑골문

弟의 갑골문

弟의 의미는 아우입니다. 우리가 흔히 동생(同生)이라고도 하는데 동생은 한자 그대로 '태어난 곳이 같다'라는 의미입니다. 어머니가 같거나 집안이 같다는 의미입니다. 이 의미가 후에 '아우', 즉 자녀들 사이에 상대적으로 나이가 적은 사람을 의미하게 됩니다. 그러니 이 의미는 형과 반대되어 자신을 낮춘 말로도 사용됩니다. 곧 상대방을 높여 '~형'이라고 부르면, 자신은 '제~'라고 낮추는 표현입니다.

그런데 주의할 것은 여기서 弟는 그런 '아우'라는 의미가 아닙니다. 孝(효)가 자식이 부모를 아끼는 마음을 의미하듯, 여기서 弟는 형제 간의 아끼는 마음, 즉 형제애를 말합니다. 곧 제는 이후에 悌(제)로 분화되는 의미입니다. 그래서 효와 제라고 이야기할 때 후에는 孝悌(효제)라고 합니다. 이 한자의 의미는 형제자매들 사이의 아낌과 사랑을 말하니, 굳이 형이 동생에게, 동생이 형에게라는 구분이 필요치 않습니다. 형과 동생은 어려서부터 함께 자랍니다. 같은 밥을 먹고, 같이 옷을 입고, 같이 놀면서 자신과 가장 오랜 시간을 함께하는 존재입니다. 때로는 싸우고, 때로는 미워해도 그래도 이 둘은 공유하는 많은 추억이 있습니다.

공자는 다른 사람을 아끼는 것이 어렵지 않다, 먼저 부모와 형제를 사랑해라, 그러면 그것이 인을 실천하는 것이다. 인을 실천하는 근본을 실천하는 것이고, 근본이 잘 이루어지면 세상이 평화로워 진다. 그러니 공부하려는 사람들은 다른 것부터 하려 하지 말고 근본 즉 부모와 형제 자매를 사랑하라고 말하고 있습니다. 군자가 무엇인가요? 공부를 많이 한, 도덕적으로 훌륭한, 사회적 지위가 높은, 돈을 많이 번... 공자의 눈에는 그런 것이 아닙니다. '군자라고 말하려면 근본을 지켜라'라고 합니다. 우리가 그 근본, 부모와 형제를 아끼고 사랑한다면 이미 우리는 군자가 될 자질을 갖춘 셈입니다. 그런데 우리 스스로가 잘 압니다. 효와 제가 얼마나 어렵고, 나 자신이 얼마나 효와 제를 못하고 있는지 잘 알고 있습니다. 그럼 어떻게 해야 할까요? 어디서부터 시작해야 할까요? 공자를 비롯해서 많은 선현들은 이에 대해 우리에게 의견을 제시합니다.

제3장

禮(예)

1. 모든 것은 나로부터-由己

우리나라에서 한문 고전을 전문적으로 번역하는 곳이 있다는 사실을 아는 사람은 관련된 일을 하는 사람들 외에는 잘 모릅니다. 한국고전번역원은 여러 선현들의 문집이나 승정원 일기, 조선왕조실록 등을 전문 번역하는 일을 하는 기관입니다. 이 기관에서는 대중들에게 선현들의 여러 좋은 글을 소개하기 위해 대중적인 사업을 많이 하고 있는데, 그 중에 '고전산책'이라는 뉴스레터가 있습니다. 정기적으로 한문 고전을 공부하신 분들이 자신이 번역하거나 주변의 번역문을 보고 자신의 생각을 글로 전하는 일입니다. 관심 있으시면 뉴스레터를 신청해 보시는 것도 좋을 듯 합니다. 이 중에 조선시대 조호익(曺好益, 1545~1609)은 「활을 쏘는 데 대한 설[射說]」을 소개하면서 다음과 같은 내용을 전하고 있습니다.

> 공자가 말하기를, "활쏘기를 하는 것은 군자다운 점이 있다. 과녁에서 벗어나면 자기 자신에 돌이켜서 잘못을 구한다."라고 하였다. 이 말을 지금에 와서 경험해 보니, 역시 그렇다.
>
> 제 아무리 무지하기 그지없는 무부(武夫)나 사특하기 그지

없는 소인이라 하더라도, 화살을 쏠 적에 화살이 과녁을 적중시키지 못하면, "내가 잘못 쏘았다." 하고, 화살이 높이 날아가면 "내가 지나치게 높게 화살을 쏘았다." 하고, 화살이 동쪽으로 날아가면 "내가 지나치게 한쪽으로 쏠리게 화살을 쏘았다."한다. 과녁이 지나치게 낮다느니, 과녁이 지나치게 서쪽으로 치우쳐 있다느니 하지 않는다.

투호를 하면서도 역시 그렇다. 고금의 일 가운데 오직 이 한 가지 일만은 세태를 따라서 변하지 않았는바, 성인께서는 이 점을 취한 것이다. 아, 어찌하면 인정과 세도로 하여금 오래도록 활을 쏘는 것과 같게 할 수가 있겠는가. 내가 ≪중용≫을 읽다가 느낀 점이 있어서 글로 쓴다.

어떻게 생각하십니까? 조호익이 쓴 이 글은 조선시대에만 의미가 있는 글이라고 생각되십니까? 지금 우리에게도 적용되는 것이라고 생각되십니까?

세상 모든 일의 결과는 본인에게서 시작됩니다. 이를 한문에서는 '말미암다' 혹은 '비롯되었다'라고 표현하고, 한문으로는 由己(유기)라고 합니다.

2. 극기복례(克己復禮)

공자는 ≪논어≫에서 다음과 같이 말합니다.

顔淵問仁, 子曰: "克己復禮爲仁, 爲仁, 由己而由人乎哉!"
안연문인, 자왈: 극기복례위인, 위인, 유기이유인호재.

안연이 "어떻게 하면 인을 실천할 수 있습니까"라고 물어보자, 공자가 말했다. "자신을 이기고 예를 행하는 것이 인을 실천하는 것이니, 인을 실천한다는 것은 자기로부터 말미암음이지 다른 사람으로부터 말미암음이겠는가?"

이 문장에는 아마도 한 번쯤 들어보셨을 두 가지 지식이 있습니다. 하나는 너무나 유명한 한자성어인 '克己復禮(극기복례)'이고, 또 다른 하나는 '안연'이라는 공자의 제자 이름입니다. 공자의 제자 가운데 가장 뛰어났고, 공자가 가장 아껴서 자식보다 더 사랑했다는 제자입니다.

여러분은 극기복례를 어떻게 알고 있나요? 극기복례를 가장 많이 들어 본 곳이 혹시 군대나 체육관 등과 관련되지 않았던가요? 특히 극기는 훈련을 참고 견뎌야 할 때 자주 사용하는 말입니다. 극은 '이기다', '이겨내다'라는 말이데, 여기서 이긴다는 말은 '견디어 내서 벗어나다'라는 말입니다. 전에도 말씀드렸지만 '이기다'를 승리하는 것으로 오해할 수 있어 말씀드립니다. 극기 외에도 '극○' 등에서 많이 사용하는 한자입니다. 여기서 '己(기)'란 '자기', '자신'이라는 의미이지만 속뜻은 '자신의 욕심을 이긴다'는 뜻입니다. 공자는 사람들이 세상살이를 하면서 점점 더 利己(이기)적이 되어 간다고 생각합니다. 이기란 자신에게 이익됨을 말합니다. 나만 잘 먹으면 되고, 나만 잘 입으면 되고, 나만 편하면 됩니다. 다른 사람, 심지어 부모나 형제가 나의 삶과 무슨 상관이 있습니까. 세상에서는 내가 가장 중요합니다. 나만 있으면 됩니다. 그러니 다른 사람을 배려할 필요도 없습니다. 설사 배려하는 척을 해도 이것은 나를 위한 행위일 뿐 진심으로 그 사람을 위해서가 아닙니다. 이런 이기심으로 인해 관계가 무너지고, 무너진 사람 사이의 관계는 신뢰와 존경, 공경이 사라짐으로써 사회가 무너져, 자신의 이익만을 좇다보니 혼탁한 사회가 되었다고 공자는 생각합니다. 그러니 이기적인, 자신만을 생각하는 마음부터 조절할 수 있어야 합니다. 그것을 공자는 극기라고 말했습니다. 힘든 훈련에서 말하는 극기와는 상통하는 부분도 있으나 지금은 다른 의미입니다. 그래서 그 반대되어 자기보다는 남을 위하는 것을 공자는 '이타'라고 말합니다. '이타적 사랑'과 같은 표현을 들어보신 적도 있을 것입니다. 이타란 나보다는 다른 사람을 먼저 배려하고 그에게 어떤 도움과 이득이 될까를 먼저 생각하고 그것을 위해 말하고 행동하는 것입니다.

復(복)은 '복'이라고 읽으면 '돌아가다'라는 의미이고, '부'라고 읽으면 '다시'라는 의미가 됩니다. 부활절은 다시 살아난 것을 기념하는 날이고, 부흥은 '다시 일어서다', '다시 일으키다'이죠. 복으로 활용하는 예는 너무 많습니다. 光復(광복)은 밝은 세상으로 돌아온 것이고, 往復(왕복)은 갔다가 돌아오는 것이며, 復古(복고)는 옛날로 돌아갔다는 것이며, 復權(복권)은 권리를 되찾음입니다. 또 군이나 경찰 등에서 많이 사용하는 復命復唱(복명복창)이란 '윗사람으로부터 받은 명을 되돌려주고 소리내어 부름을 돌려주다'라는 말이 되어, 구분해서 '복창하다'라고도 사용합니다. 복명 또한 '복명하다'라고 사용하기도 합니다. '군인은 복명을 목숨처첨 여긴다'처럼요. 동음이의어 가운데 주의하셔야 하는 단어 중에 腹鳴(복명)이 있습니다. 복은 배이고 명은 소리이니 '배에서 나는 소리'라는 뜻입니다. 속이 불편할 때 장에서 소리가 나는 것입니다.

여기서 예(禮)가 나오는데, 예는 공자의 사상에서 매우 중요한 개념이라서 다음에 자세하게 설명하겠습니다. 예는 간단하게 말씀드리면 행동입니다. 인은 사랑하는 마음, 다른 사람을 아끼는 마음인데 이를 어떻게 표현해야 알 수 있을까요? 그 마음에 맞게 표현하는 것이 예의 구분입니다. 부모를 사랑하는 말과 행동이 형제자매를 사랑하는 말과 행동과 같을 수 없고, 또 동네 어르신과 선생님에게 표현하는 방법이 같을 수 없습니다. 그래서 하나 하나 표현해야 할 언어와 행동을 구분하기 때문에 예가 달라질 뿐이지, 결국은 인의 행동 표현입니다. '예로 돌아간다'는 표현은 곧 '예에 맞게 행동한다'가 되므로, 이를 공자는 인을 실천하는 것이라고 했던 것입니다. 다시 설명하자면 자신의 이기심을 이기고 예에 맞게 행동하는 것이 인을 실천하는 것입니다. 아무리 기분이 좋지 않아도 부모에게 욕을 해서는 안되는 것입니다. 졸리고 피곤해도 아무 곳에서나 누울 수는 없는 것이죠. 사랑하는 사람이라고 함부로 말하고 행동해서도 안됩니다. 아무리 자식이라도 사랑한다는 이유로 부모가 원하는 것을 강요해서도 안됩니다. 예란 결국 상대방에 대한 관심이며, 존중이자 사랑을 표현하는 것일 뿐입니다.

이제 왜 '극기복례'가 인을 실천하는 것이라고 했는지 이해가 되실 것입니다. 그런데 공자는 여기서 한 걸음 더 나아갑니다. 그럼 극기는 누가 시켜서 하는 것일까요? 다시 말해 그렇게 하지 않으면 사회적 지탄을 받고 어떤 손해를 입을 것이라는 규율과 법률, 사회적 관념 때문이어서는 안된다고 이야기합니다. 유타, 다른 사람으로부터 말미암는다는 것은 그런 의미입니다. 내가 이렇게 하면 칭찬받겠지, 내가 이렇게 하면 분명히 나중에 내가 부탁할 때 거절 못할 거야, 하기 싫지만 시켰으니 해야지, 별수없네 등이 바로 유타, 곧 다른 사람으로 인해서 일어난 것입니다. 그러할 마음이 없는데 행동만 그렇게 하는 것이 무슨 의미가 있습니까? 존댓말을 사용하고 상냥한 얼굴을 하는데 속으로는 전혀 존경과 사랑이 담겨 있지 않다면 그것은 예도 아니고 인을 실천하는 것도 아닙니다. 허위인 셈이죠. 그래서 공자는 인을 실천하는 것, 그리고 실천을 위해 극기하는 것 모두가 자신의 마음에서 우러나와 이루어져야 한다고 생각합니다. 자기로부터 말미암는다는 의미입니다. 내가 나를 조절하고 나의 생각을 바꾸고, 나보다 상대방을 아끼는 마음으로 욕망을 이겨내 말과 행동으로 그 마음을 표현하는 것이 진정한 인의 실천인 셈입니다.

'由己(유기)', 말로는 쉽지만 참 어렵습니다. 인간인 우리는 누구나 마음 속에 불편함을 담고 있습니다. 그나마 다른 사람의 눈 때문에 어떤 때는 아닌 척하고 살아가는 것은 비단 저만의 일은 아닐 것입니다. 여전히 모자란 인간이라서가 아니라, 그것이 인간의 참모습일 수도 있지 않을까라는 생각을 해보게 됩니다.

3. 불천로 불이과(不遷怒不貳過)

이왕에 안연에 대해 언급했으니, 안연과 관련된 또 하나의 글을 보겠습니다.

안연이 한 말 중에 "不遷怒 不貳過(불천로 불이과)"라는 말이 있습니다. 불은 부정어로 '~이/가 아니다' 정도라는 것은 다 아실 겁니다. 많은 단어에서 영어의 no나 not처럼 사용됩니다. 부정어 중 未(미)는 '아직까지 ~이 아니다'라는 의미로, 未成年(미성년)은 '아직까지 성년이 아니다'가 되며, 未滿(미만)은 '아직까지 가득차지 않았다'입니다. 아직까지라는 것은 현재는 그렇지만 언젠가는 성년이 될 것이고, 언젠가는 넘칠 것이라는 의미가 되기도 합니다. 한편 勿(물)은 잠시 언급했듯이 금지로 '~이/가 아니라'는 의미로 사용됩니다. 우리말로 모두 아니 불, 아닐 미, 나아니 물이라고 학습하신 분들이 많으실 텐데 실제 이 한자들은 의미와 활용 방법이 조금씩 다릅니다. 遷(천)은 옮김을 이야기합니다. 遷都(천도)라고 하면 '도읍을 옮긴다'라는 의미입니다. 곧 저곳에 있던 것을 이곳으로 옮겨오는 것입니다. 改過遷善(개과천선), 많이 들어보셨죠? 잘못(과)을 '고쳐서(개) 선함으로 옮긴다'는 의미입니다. 또한 孟母三遷(맹모삼천)이란 성어도 아실 것입니다. 맹자의 어머니가 맹자를 위해 세 번 이사를 했다는 고사에서 유래해서, 맹자의 어머니(맹모)가 세 번 옮겼다라는 풀이가 됩니다.

여기서 怒(로)는 성냄이죠. 忿怒(분노), 喜怒哀樂(희로애락), 天人共怒(천인공노) 등에서 활용됩니다. 이 글자는 여자 종을 의미하는 奴(노)와 마음 心(심)이 결합한 글자로, 중국 고대에서 여자 종에게 화내는 심리상태를 "로"라고 했다고 합니다. 또 한편으로는 형성 글자로 보아서 윗부분은 음가를, 아랫 부분의 心(심)은 심리 상태를 의미하는 것이라고 보는 견해도 있습니다.

그러니 '천노'라 하면 '성냄을 옮긴다' 혹은 '옮겨온다'는 뜻입니다. 무슨 의미일까요? 예를 들어 보죠. 오늘 업무 시간 중에 동료와 다툼이 있었습니다. 아, 상사에게 야단맞지 않아도 될 일로 꾸지람을 받을 수도 있습니다. 친구가 나에게 모든 잘못을 전가하여 억울한 일을 당했습니다. 버스를 타다가 미끄러져 다리가 다쳤습니다. 거꾸로 일수도 있습니다. 일을 잘못 처리한 직원 때문에 화가 많이 났습니다.

집으로 돌아오고도 여전히 분이 풀리지 않아, 아무 잘못도 없는 반려 동물에게, 남편에게, 아내에게, 자식에게 화를 냅니다. 사람들이 내 눈치를 봅니다. 무슨 일이 있냐고, 안색이 안 좋다고, 기분이 안 좋아 보인다고 합니다.

사실 이들은 그 전의 일과는 아무 관계가 없습니다. 그저 내 기분 때문에 사실 그 일과 아무 관련도 없는 이들에게 화를 내고 있는 것입니다. 왜 나로 인해 그들이 또 다른 언짢음이, 기분 나쁨이 되어야 하는 걸까요? 안연이 말한 첫 번째는 내 감정의 상태를 다른 곳의 다른 사람에게까지 전달해서는 안된다는 의미입니다. 그것을 인과 예로 생각했던 것입니다.

불이과에서 貳(이)는 '갖은자'라고도 해서 二(이), 즉 둘을 표현하는 다른 한자로 사용되기도 합니다. 지금이야 은행에 가서 직접 금액을 적는 경우가 없지만 예전에는 어떤 값이 있는 혹은 값을 적어야 할 경우 갖은자로 숫자 표기를 했습니다. 열 개의 숫자를 비교해 보면 다음과 같습니다.

일	이	삼	사	오	육	칠	팔	구	십	이십	백	천	만
一	二	三	四	五	六	七	八	九	十	廿	百	千	萬
壹	貳	參	肆	伍	陸	柒	捌	玖	什	念	佰	仟	萬

이처럼 복잡한 모양으로 사용하는 이유는 원래 글자인 一이나 二 등이 너무 쉽게 변조가 가능한 간단한 획으로 되어 있기 때문에 경제 거래에 있어 정확성을 추구하기 위한 목적으로 발음은 같지만 비교적 많이 사용되지 않는 한자를 이용했습니다.

그런데 여기서 貳(이)는 부정사 不(불) 뒤에 있으므로 서술어가 되어 '두 번 하다'라는 의미가 됩니다. 過(과)는 앞의 改過遷善(개과천선)에서와 같이 '잘못'이라는 의미가 되죠. 한편 過(과)를 좀 더 살펴보면 어떤 기준점을 넘어섬을 의미한 데서 지나가다라는 의미로 通過(통과), 過去(과거) 등의 어휘에서 활용됩니다. 다시 의미가 확장되어 '지나침' 곧 '정도를 지나침'으로 이용되어 過密(과밀), 過食(과식), 過飮(과음) 등의 어휘에서는 이 의미로 활용됩니다. 더욱 의미가 확장되어 過誤(과오), 過失(과실)에서와 같이 허물, 잘못이라는 의미로도 활용되는데, 개과천선에서 過(과)가 그러한 의미인 셈입니다.

그러므로, '불이과'는 '잘못을 두 번하지 않는다'라는 의미입니다. 곰곰이 생각해 보면 누구나 잘못을 할 수 있습니다. 인간이기 때문에 실수할 수 있고 잘못된 선택을 할 수도, 다른 이에게 상처를 주는 말과 행동을 할 수도 있습니다. 중요한 것은 그 잘못을 깨우치고 다시는 하지 말아야지라는 반성과 다짐이라고 말합니다. 그런데 인간이다 보니 그 다짐은 또 순식간에 사라지고 같은 잘못 혹은 그보다 더한 실수를 저지르기도 합니다. 그런데 안연은 여기서 같은 잘못을 두 번 하지 않는다라고 말하고 있습니다. 그의 말을 종합해 보면 "노함을 옮기지 않고, 잘못을 두 번하지 않는다,

반복하지 않는다"는 안연의 말은 우리네 보통 인간으로서는 실천 뿐 아니라 사고 자체가 불가능합니다. 그럼 안연의 이 말은 어떤 가치관과 세계관에서 나왔을까요? 노함을 옮기지 않음은 나를 위한 행동이기 보다는 다른 사람에 대한 배려와 존경으로 인한 행동입니다. 또 내가 하는 대부분의 잘못은 타인과의 관계에서 나의 부족에서 발생합니다. 그러니 이 두 행동은 곧 타인에 대한 배려와 존경을 기본으로 하고 있는 셈이고, 이를 위해 안연은 끊임없는 자기 성찰과 도덕적 수양을 하고 있었던 것이라고 이해할 수 있습니다.

말과 행동, 이 두 가지는 우리의 생각과 감정을 표현하는 1차적 도구이며, 이 도구를 어떻게 활용하는가는 예의 문제라고 생각할 수 있습니다. 유가 학자들은 그 방법으로 끊임없는 자기 수양을 말하고 있습니다. 자기 수양이란 곧 克己復禮(극기복례)입니다. 자신의 마음을 눌러 이겨내서 예에 맞게 표현하는 자기 암시이자 가치관의 고정인 셈이었습니다. 그러니 이러한 성인의 가르침을 받아 항상 글 공부에 전념하던 사람은 당연히 도덕적으로 훌륭하여 우리 보통 사람들과 다르다고 생각하곤 합니다. 이러한 우리의 전통 사고는 여전히 공부를 자기 수양, 곧 도덕성 훈련과 동일시하고, 높은 관리는 도덕적 수준이 우리 보통 사람들보다 높은 사람들이라고 판단하는 기준을 가지고 세상과 마주하게 합니다. 정치인이나 기업가, 연구자의 능력도 중요한 판단 기준이 되지만, 우리는 그들에게 여전히 도덕적이며 가정적인 동시에 훌륭한 가정의 리더이면서 사회의 모범이 될 인성을 갖춰달라고 요구하곤 합니다. '사'란 직업을 가진 사람 모두가 그럴 것이라는 막연한 기대감과 그것이 아닐 때의 좌절감은 동양 사회 전반에 걸친 공통된 가치관입니다. 이와 같은 가치관과 세계관 그리고 감정선의 핵심이 바로 오랫동안 동아시아 전체 역사에게 가장 크고도 깊은 영향을 끼친 '유학'으로 자리하고 있습니다. 유학의 세계관은 여전히 우리에게 도덕적 완성자인 군자에 가까워야만 우리의 지도자가 될 수 있다고 말하고 있는 것은 아닐까요? 이는 우리사회가 가진 가치관은 서양의 그것과는 다른 것임을 말해 주기도 합니다.

4. 예(禮)의 본의

앞에서도 이야기했지만 한자가 처음 생겨날 때는 우리가 알고 있는 의미가 아닌 경우가 많습니다. 우리는 어떤 어휘에 사회적 의미나 종교적 의미 혹은 가치 개념을 부여하기도 하지만, 그보다 먼저 의미가 확장되고 파생되어 사용된 한참 후에는 본의와 거리가 멀어진 경우를 접하기 때문이기도 합니다.

禮의 갑골문

禮(예)라는 글자의 본 글자는 위의 그림처럼 豆 위에 무언가를 담을 수 있는 부분이 있고, 그곳에 무언가를 꽂아 놓은 모양을 하고 있습니다. 일반적으로 豆(두)를 콩으로 많이 알고 있습니다. 우리가 흔히 먹는 豆腐(두부)나 연두색이라고 할 때의 軟豆(연두), 붉은 콩이라는 赤豆(적두), 검은 팥을 의미하는 黑豆(흑두), 누런 콩이라는 黃豆(황두) 등에서도 豆(두)가 콩 혹은 콩의 종류를 나타냄을 알 수 있습니다. 그래서 예전에는 '콩 심은 데 콩 난다'라는 속담을 한자로 옮겨 심을 種(종)과 얻을 得(득)을 넣어 '種豆得豆(종두득두)'라고 표현했습니다. 또 우리나라 가장 끝에 있는 豆滿江(두만강)도 이 한자를 사용합니다. 강의 이름을 왜 '두만'으로 했는지에 대해서는 여러 설이 존재하지만 여진어의 음차 표기였다는 설이 가장 유력

합니다. 정확하지는 않지만 어떤 이들은 圖們(도문)의 여진어 발음 혹은 만호를 나타내는 여진어인 두맨에서 왔다고 합니다. 두만을 土門(토문)이라고 표기하기도 했고, 高麗江(고려강), 圖們江(도문강), 土們江(토문강), 統們江(통문강), 徒門江(도문강) 등이 너무나 다양하지만 그 발음이 유사한 것으로 보아 음차를 한 것은 틀림없는 듯 합니다. 그러기에 두만을 '콩이 가득차다', '콩이 가득한 모양을 한 물줄기'라는 의미로 해석해도, 누군가의 그런 말을 믿으셔도 안됩니다.

료의 갑골문

그런데 이 豆(두)는 처음부터 콩을 지칭하는 한자가 아닙니다. 모양을 보시면 아래에 다리가 있고 평평한 무엇인가를 지탱하고 있습니다. 곧 다리를 세워서 바닥에서 높여 놓은 것이고, 위의 모양은 담는 모양 그리고 그 위의 한 줄은 '하나'가 아니라 뚜껑과 같이 덮어놓는 무엇인가를 그린 것입니다. 그러니 이 글자는 뚜껑이 있으면서 다리를 만들어 높여 놓은 고기를 담는 식기, 곧 제기가 원래 글자입니다. 이후로 이 글자는 제기를 의미합니다. 일반적으로 아무 때나 무엇인가를 담아 사용하는 그릇이라면 굳이 이렇게 다리를 만들 필요는 없었겠지요. 그래서 이 글자는 제기 혹은 신성한 그릇을 의미합니다. 그러다 후에 콩을 나타내는 어휘와 음이 비슷하다는 이유로 두 가지 의미를 같이 사용하다가 후에는 콩류로만 의미가 굳어지게 됩니다.

그런데, 禮 글자를 보니 豆와 비슷한 모양 위로 무엇인가를 더 담을 수 있는 그릇이 높게 올라가고 그 사이에 줄기에 달린 곡식이 담겨 있습니다. 한 해의 농사가 끝나고 추수한 곡식을 담아 하늘에 감사의 제사를 올리는 것입니다. 그런데 이 모양은 그릇에 곡식이 가득찼으니 '풍성하다', '가득하다'라는 의미와 같이 사용하게 되자, '감사의 제사, 제사를 드리다'는 의미는 별도의 글자가 필요해졌습니다. 신에게 제물을 보인다는 의미의 示(시)를 왼쪽에 더해 禮라는 글자의 모양이 만들어지고, 원래 글자는 발음도 다르게 하여 풍성하다는 豊(풍)으로 사용합니다. 豊과 豐(풍) 두 가지 모양이 존재하는데, 원래 의미를 따져보면 두 번째가 정확한 자형이겠지만 대체적으로는 앞의 豊(풍)자를 사용합니다. 우리가 농사가 잘된 해를 豊年(풍년)이라고 하고 머리숱이 豊盛(풍성)하다고 하거나, 豊饒(풍요)롭다, 豊足(풍족)하다, 豊富(풍부)하다, 豊滿(풍만)하다 혹은 豊漁祭(풍어제) 등 많은 어휘에서 사용합니다.

示의 갑골문

示(시)는 아래에 다리가 있고 위에 평평한 부분, 그리고 그 위에 무엇인가를 놓고 있어서 기원이나 제사를 지낼 때 사용하던 제단을 의미합니다. 사람들은 이 제단을 통해서 신에게 나의 마음을 보일 수 있었습니다. 또한 신이 기원이나 제사 드리는 사람의 마음도 볼 수 있습니다. 곧 제단은 신과 인간의 매개체인 셈입니다. 그러나 이 글자는 제단의 의미보다는 '보이다, 알리다'의 의미로 더 많이 사용됩니다. 하지만 예외도 있습니다. 만약에 음을 '치'로 읽으면 땅귀신, 즉 토지신을 의미합니다.

이러한 이유로 示(시)를 사용하는 한자들은 모두 '신에게 보이다' 혹은 '신을 보다'는 기원, 제사와 연관이 됩니다. 한 예로 視(시)는 사람의 눈을 크게 강조해서 '신이 어떠한 답을 줄까 살펴보다, 자세히 보다'라는 의미가 됩니다. 그러고 보니 빌다의 祝(축)도, 제사의 祭(제)도, 복의 福(복)도 재앙의 禍(화)도, 귀신의 神(신)이나 땅신의 社(사), 제사의 祀(사), 빌다의 祈(기) 등도 모두 示(시)가 결합된 한자들입니다. 이렇게 한자의 구성 요소 중 같은 부분을 대표로 내세울 때 '부수'라고 말합니다. 다시 말해, 示(시)를 부수로 하는 한자들은 대개 '신에게 보이다, 신을 통해 보다'라는 종교적 행위와 관련이 있음을 알 수 있습니다.

다시 돌아와서 보면, 그럼 禮(예)라는 글자는 결국 신에게 추수에 대한 감사를 전하는 의식이라고 할 수 있겠군요.

5. 예의 본질

그러면 이러한 감사의 마음은 어떻게 표현해야 할까요?

인간은 상대방에게 무언가를 표현하지 않으면 상대방은 어떤 것도 알 수 없습니다. 공자도 같은 생각을 했습니다. 누군가와 관계를 맺고, 상대를 존중하고 아끼며 사랑하는 것을 어떻게 표현해야 할까요? 일반적으로 표현하는 방식은 몸을 이용하는 것입니다. 몸을 이용하는 것 중에 대표적인 것은 언어입니다. 곧 입을 통해 상대방의 귀로 들어가는 음성언어입니다. 유순하게 말을 하고 상대방을 배려하는 말을 하며, 상대방의 말을 귀담아 듣는 것은 상대방에 대한 존중입니다. 음식을 먹거나 마실 때에도, 길을 함께 걸을 때에도,

옷을 입을 때에도, 상대방에게 최대한의 존중과 애정을 보이는 방식이 있어야 합니다. 그리고 이러한 방식이 밖으로 표출될 수 있는 것은 상대방에 대한 존중과 애정, 즉 仁(인)이 있기 때문입니다. 이러한 仁(인)을 행동으로 표현하는 양식, 그리고 행동으로 규정한 것을 禮(예)라고 합니다. 왜 규정해야 할까요? 규정이라는 것은 약속입니다. 아무리 상대방을 존중한다고 하더라도 내가 하는 방식과 다른 사람이 하는 방식이 다르다면 우리는 그것을 존중한다고 생각하지 않습니다. 이를 문화적 차이라고도 합니다. 고개를 깊이 숙여 인사를 하는 것은 동양 사회가 규정한 행동 양식입니다. 상대방에게 존칭과 존댓말을 사용하는 것도 같은 이치입니다. 선생님을 보고 손을 들어 '안녕' 한 마디 하고 지나가는 것은 우리의 방식이 아니지만, 어떤 문화의 방식일 수도 있습니다. 그래서 禮(예)라는 것은 시대에 따라 달라지고 문화적 배경에 따라 달라지며 지리적 환경이나 지역과 국가마다 달라질 수 있습니다.

그래서 예는 인간만이 할 수 있는, 곧 동물과 변별되는 특징이라고 말하기도 합니다.

聖人作爲禮以教人, 使人以有禮, 知自別於禽獸. ≪禮記≫
성인작위예이교인, 사인이유례, 지자별어금수.

성인이 예를 만들어서 예를 실천함을 사람들에게 가르쳐, 사람들로 하여금 예가 있게 하여 자신들이 금수와 다르다는 것을 알게 하였다.

곧 예는 인간이 갖추어야 할 기본이라고 말하고 있습니다. 예가 없으면 금수와 다르지 않으니까요. 그래서 또 이렇게도 말합니다.

人無禮則不生，事無禮則不成，國家無禮則不寧. ≪荀子≫
인무예즉불생, 사무예즉불성, 국가무예즉불녕.

사람에게 예가 없으면 살아갈 수 없고, 모든 일들에 예가 없으면 이루어질 수 없으며, 국가에 예가 없으면 편할 수 없다.

이처럼 유가에서 예라는 것은 사람이 살아가는 도리이자, 세상 모든 일을 하는 규칙과 원칙이며, 국가를 지탱하는 근본 도리였던 셈입니다. 임금과 신하의 관계도 예이며, 남편과 아내의 관계도 예이고, 부모와 자식의 관계도, 나이 든 사람과 어린 사람도 모두 규정된 것입니다. 계급의 규정은 곧 입는 옷의 색부터 모양, 그리고 사회에서의 모든 역할을 규정하는 것이기 때문입니다. 그러기에 조선시대의 유명한 예송논쟁과 같은 일도 일어납니다. 그런데 이것이 예의 본질이었을까요?

예의 본질은 인의 표현이라는 사실입니다. 仁(인), 상대방에 대한 존중이 예의 본질입니다. 공자는 이렇게 말을 합니다.

> 子曰: "人而不仁, 如禮何, 人而不仁, 如樂可?"
> 자왈: "인이불인, 여예하, 인이불인, 여락가?
>
> 사람이면서 인하지 않는데, 예를 어떻게 할 수 있으며, 사람이면서 인하지 않는데, 음악이 가능하겠는가.

여기서 人(인)은 명사가 아니라 '사람이다'라는 서술어가 됩니다. 而(이)는 접속사로, 문법적 기능으로 보면 구와 구, 절과 절을 이어주는 역할을 합니다. 따라서 원래는 두 구나 두 절이었던 것을 하나의 형식으로 표현하는데, 뒤에 부정사 不(불)은 仁(인)을 부정하는 것으로 서술어를 부정하는 것이 됩니다. 그리고 而(이) 앞에 있는 것도 서술어가 되어야 하기 때문입니다.

예를 실천하기 위해서는 인함이 우선이어야 합니다. 그럼 음악은 어떨까요? 음악은 나를 위한 것이기도 하지만 대부분은 듣는 사람을 위한 것입니다. 곧 듣는 이의 마음을 위로하고 격려하며 용기를 북돋아 주는 기능을 합니다. 음악을 통해 화가 나고 짜증이 나며 주변 이들을 미워하고 죽이고 싶은 마음이 더 커져간다면 그것은 음악이 아닙니다. 곧 음악은 상대방의 마음에 카타르시스를 일으켜 순화하는 기능을 하니, 인의 마음이 기본이 되는 것입니다.

다시 본론으로 돌아와서 이 문장을 거꾸로 읽어보면, 예를 실천하려면 우선 인의 마음이 있어야 하며, 진정한 음악을 하려면 우선 인의 마음이 있어야 한다는 의미가 됩니다. 여기서 생각해 봐야 할 것은 우리는 예라고 하는 것을 실천할 때 마음 속에 인을 담았는가의 여부입니다. 다시 말해, 사회적 약속과 규범, 그리고 사회적 질타와 지적이 두려워서, 혹은 관습적으로 예를 행하지는 않는지요? 지나가는 어른을 마주쳐 고개 숙여 인사를 할 때 마음 속에 존경의 마음이 있으신가요? 명절에 어른들을 만나 절을 하거나 차례를 드릴 때 마음 속 가득히 존경과 존중, 그리고 그리움과 감사의 마음을 담고 계신가요? 직장 상사와 이야기를 할 때 존댓말을 하면서 속으로는 심하게 욕을 하거나 상대방을 무시하고 있지는 않으신가요?

말은 존댓말을, 행동은 겸손함을, 옷은 최대한 격식에 맞게라고 하지만 실제 마음은 어떤가요? 공자가 살던 시대에도 그랬고 우리의 시대도 다르지 않은 듯 합니다. 늘 본질보다는 현상에 집중하고, 현상을 보고 본질을 판단하고는 합니다. 몇 가지 상황으로 예를 들어보겠습니다.

갑자기 하던 일이 잘 풀리지 않아 경제적으로 어려워졌는데 통장을 확인해보니 잔고가 삼만원 뿐이었습니다. 오랫동안 알던 분께서 모친상을 당했다는 연락을 받았습니다. 조문을 가자니 전 재산은 삼만원이어서 상대방에게 결례가 될 것 같았습니다. 가지 않자니 오히려 더 큰 결례가 될 것 같았습니다. 창피함을 무릅쓰고 삼만원을 부의함에 넣었습니다. 후에 그 분은 상대방의 사정도 모르고 자신을 무시했다고 이야기하고 다녔습니다. 이러한 경험을 하니 후에 같은 경우가 생겼을 때는 아예 조문을 가지 않았습니다. 그랬더니 상대방은 어떻게 조문조차 오지 않을 수 있냐고 서운함을 말합니다.

별로 이 사람과 결혼하고 싶지 않습니다. 사랑하는 사람이 따로 있습니다. 그런데 이 사람과 결혼하라고 주변 사람들은 말합니다. 명문대 졸업에 좋은 직장, 그리고 가진 자산이 많다고들 이야기합니다. 평생 돈 때문에 걱정할 일은 없다고 합니다. 사랑이 별거냐고 말합니다. 애 낳고 살면 다 정붙이고 산다지만, 경제력은 변하지 않는 불편함이라고 합니다. 사랑은 연애 때 하는 것이고, 결혼은 현실적 조건의 결과라고 합니다. 그래서 이 사람과 결혼하려 합니다. 사람들은 잘한 결정이라고 합니다. 사람들은 부럽다고 합니다. 사람들은 행복하겠다고 질투 난다고 합니다.

조금 전 병원에서 치료를 받고 나왔습니다. 얼마 전부터 아픈 무릎을 그냥 두었더니 문제가 생겼습니다. 치료를 받고 버스에 올라탔고 다행히 빈 좌석이 있어 앉았습니다. 조금 후에 할아버지 한 분이 버스에 오르시더니, 제 앞에 섰습니다. 그리고는 저와 눈을 마주치면서 젊은 제가 일어나야 할 것처럼 눈짓을 하십니다. 눈을 피하여 머리를 창에 기대어 눈을 감았습니다. 뒤에서 누군가 요즘 젊은 사람들은 예의가 없다는 투로 말합니다.

이와 같은 상황은 우리 주변에서 흔히 겪을 수 있는 일들이기도 합니다. 그럼 진짜 '예'란 이러한 현상으로만 판단해야 하는 걸까요? 공자는 여기에 대해 답을 합니다.

林放, 問禮之本, 子曰: "大哉! 問! 禮與其奢也, 寧儉, 喪與其易也, 寧戚"

임방, 문예지본, 자왈: "대재! 문! 예여기사야, 녕검, 상여기이야, 녕척"

임방이 예의 근본이 무엇인지를 묻자, 공자가 말하기를 "훌륭하구나, 그 질문이. 예라는 것은 사치스럽기 보다는 검소한 것이 낫고, 상은 형식을 잘 갖추기보다는 슬퍼하는 것이 낫다.

사치, '겉으로 번지르르하게 보임'입니다. 그럴 듯하게, 멋있게, 화려하게, 보기에 참 좋은 것입니다. 그런데 그러려면 많은 시간과 돈, 노력이 필요합니다. 없어도 있는 척 해야 하는 것은 참 어렵습니다. '남들만큼'이라는 표현으로 기준을 잡아서 해야 한다는 것은 쉽지 않습니다. 예라는 것은 그런 것이 아닙니다. 사치함에 신경쓰기보다는 할 수 있는 만큼 하는 것이 낫습니다. 그래야 온전한 마음을 다할 수 있습니다. 상이 났습니다. 소중한 누군가가 세상에서 없어져 다시 만날 수도, 이야기할 수도, 만질 수도 없습니다. 그저 돌아가신 분과는 이제 모든 것이 기억 속에 남아있을 뿐입니다. 현실입니다. 그런데 어떤 옷을 입어야 하느니, 어떻게 절을 해야 하느니, 어떻게 상을 차려야 하고 제사를 어떻게 지내야 하는지 등등 많은 형식적인 것을 예라고 하고, 그것이 떠나신 분에게 드리는 우리의 마지막 예라고 합니다. 여러분은 어떻게 생각하십니까? 떠나신 분과의 마지막은 그 분을 그리워하고 안타까워하며 한 순간이라도 더 기억하고 평안히 영면하시기를 소망하는 것이 본질이 아닐까요? 떠나신 분과 안타까워하는 사람들 사이에 好喪(호상)은 존재할 수 있습니까? 슬픔에 지쳐있는 사람을 향해 조문객들에게 피해가 되니 그러면 안된다고 말할 수 있습니까? 떠난 부모를 그리워하는 자식의 마음을 어떤 이가 어떻게 평가할 수 있겠습니까?

본질은 그러한 것입니다. 공자는 사람들이 겉으로 하는 예만을 따르는 것을 경계했습니다. 사람들의 '마음'이 본질임을 말하고 있습니다. 단지 많은 사람들이 공자가 말한 형식에 집중할 뿐입니다. 여러분은 어떠신가요? 우리가 흔히 접하는 '네가지'라는 표현은 어떤 때 사용하고 계신가요? 우리는 상대방을 이해하려고 얼마나 노력하고 있으며, 상대방을 충분히 알고 이해하면서 그를 비난하고 있는 것일까요? 아니면 그저 겉으로 보이는 것만으로 쉽게 판단하고 있을까요?

제가 생각하는 예는 그렇습니다. 그 표현법이 어떻든 간에, 그 안에 나에 대한 배려와 존중이 있는지, 아니면 자신을 위해서인지가 우선 판단되어야 합니다. 이 판단이 쉽지 않습니다. 그러나 함께 더불어 살려는 노력과 자신만을 위한 이해와 욕심은 분명히 구분됩니다. 함께 하기 위해 나의 노력과 재능을 이용하는 것은 얼마든지 함께 할 수 있지만, 자신만을 위해서 개인을 이용하는 것은 이용이 아니라 악용입니다. 옳다면 사람들을 귀하게 여겨야 하며, 모두를 위해서라면 자신을 희생할 수 있어야 하며, 자신의 잘못된 감정과 판단을 인정하고 되돌릴 수 있어야 합니다. 그것이 함께하는 사람들에 대한 예입니다. 그리고 그 예의 본질은 결국 함께하는 사람들에 대한 존중과 애정입니다. 자신과 함께하는 모든 이들도 사랑받으며 성장한 인격체이며, 이 세상을 함께 살아가는 나의 동료입니다. 자신이 그들보다 사회적 지위나 경제적 풍요가 있다는 이유가 그들보다 나은 사람이라는 증거가 되지는 않습니다. 나이, 성별, 국적, 학력, 지역 등 우리가 규정하는 모든 것들이 내가 상대방을 대하는 기준이 되어서는 안됩니다.

'사람다움'의 본질은 '함께 살기'와 '존중'과 '감사'이며, 이것이 인과 예의 본질이 아닐까요. 다만 모자란 사람이다 보니 때로는 자신의 의지와 경험, 판단과 선택이 모두를 위한 것이라는 착각 속에 살아갑니다.

그래서 우리에게 君子(군자), 즉 훌륭한 어른이 되는 첫째 덕목은 修養(수양)입니다. 끊임없는 공부를 통해 자신을 돌아봄입니다. 출세하기 위한 공부, 돈을 많이 벌기 위한 공부가 아니라, 사람다워지기 위해, 다른 이들과 함께 살아가는 법을 알기 위해 하는 공부입니다. 그러나 우리 사회에서 살아가는 지식인 중 얼마나 많은 사람들이 이러한 공부를 하고 있을까요? 입으로는 온갖 유려한 말을 하고, 온갖 철학자의 사상을 분석하는 전문가이면서, 말과 행동은 그와 같은가요? 많은 사람들에게 공부는 이제 출세하기 위한, 돈을 벌기 위한 수단과 명분일 뿐입니다.

6. 예의 실천법

앞에서 극기복례에 대해서 말했습니다. 이 문장은 극기복례에서 끝나지 않고 계속 이어집니다. 공자는 안연의 질문에 '자신의 이기심을 이기고 예를 행하는 것이 인을 실천하는 것이다. 하루라도 자신의 이기심을 이기고 예를 행할 수 있다면 세상이 모두 인으로 돌아갈 것이니, 인을 실천하는 것은 자신으로부터 말미암음이지 남으로부터 말미암음이겠는가'라고 말하면서 예와 인의 관계를 명확히 말합니다. 곧 인을 실천하는 것이 예라고 합니다. 그러자, 안연이 다시 묻습니다. 그럼 구체적으로 어떻게 해야 할까요? 그 조목을 알려 달라고 하자, 공자는 다시 말합니다.

> 非禮勿視, 非禮勿聽, 非禮勿言, 非禮勿動.
> 비례물시, 미례물청, 비례물언, 비례물동.

예가 아니라고 판단되면 보지 말고, 예가 아니라고 생각하면 듣지 말고, 예가 아니면 말하지 말며, 예가 아니면 행동하지 말라.

문장의 구조가 모두 같습니다. 非(비)와 勿(물)로 이루어져 있습니다. 보통 非(비)는 '아니다'라고 알고 있는데, 단순히 '아니다'가 아니라, 가치 판단의 의미에서 아니라는 것입니다. 非情(비정)은 배려하는 마음, 즉 '정이 없다'이지만 정이 있고 없음은 개인마다 다를 수 있습니다. 곧 개인의 가치나 사회 통념 상의 가치판단인 셈입니다. 勿(물)은 '~하지 마라'라는 금지를 나타냅니다. 勿論(물론)과 같이 따지지도 말고, 따질 것도 없이 등과 같은 단어에서 여전히 사용됩니다. 따라서 이 문장은 '예가 아니라고 판단되면, 예에 맞지 않는다고 생각하면'이라는 문장이 되고, 후에 視와 聽, 言과 動을 말합니다. 視(시)는 살펴보다, 응시하다, 무엇인가를 알려고 보는 것이죠. 聽(청)도 마찬가지입니다. 무엇인가를 알기 위해서 귀 기울여 듣는 것이죠. 왜 이 두 글자를 썼을까요? 見(견)은 눈을 뜨고 있으면 보이는 것들이며, 聞(문)은 귀로 들리는 것입니다. 사람이 세상을 살아가면서 보고 듣는 것은 어쩔 수 없는 행동입니다. 누구든 언제나 눈 뜨면 보고, 귀로는 무엇인가를 듣습니다. 이는 우리가 통제할 수 있는 것이 아닙니다. 어른들끼리 멱살잡이를 하며 서로 욕을 하고 싸워댑니다. 보이고 들리는 것은 어쩔 수 없습니다. 이런 상황은 영상매체도 마찬가지입니다. 흔히 말하는 막장 드라마나 폭력성, 혐오, 선정성 등은 모두 사람과 사람 사이의 지나친 감정과 갈등이 최대치로 올라갑니다. 사람들은 자극적인 것을 좋아하면서도 어른이라는 지극히 개인적인 기준으로 통제할 수 있는 것이라고 합니다. 이는 극 중일 뿐이고 현실은 그렇지 않다고 말합니다. 그러나 그것은 개인적인 기준일 뿐입니다. 재미라는 이유로 주변 곳곳에서 그러한 것들이 방치되면 자연스럽게 노출되고 노출은 곧 호기심과 관심으로 이어집니다. 그래서 영상매체에는 모두 제한 연령이 있고 방송 심의가 이루어지지만 참 역설적으로 그것이 지켜지지 않음을 우리는 알고 있습니다. 결국 이익을 쫓는 영리 목적은 모든 가치를 이기고 있습니다. 사람 사이의 관계 회복이 예라고 하지만 그것들은 예가 아닙니다. 우리의 환경에서 어쩔 수 없이 보이고 들리는 것은 방법이 없습니다. 그러나 최소한 그것이 아니라고 판단이 되면, 가치의 의지로 보려하지 않아야 하고, 들으려 하지 않아야 합니다. 자주 볼수록 평범해지고 자주 들을수록 익숙해져 나도 모르게 그것들이 아주 평범하게, 그리고 언제나 일어날 수 있는 일이 되기 때문입니다. 학습은 모방이 되고, 모방은 곧 자기화됩니다.

그런데 그것도 어려울 때가 있습니다. 호기심으로 자꾸 보게 되고 재미있으니 자꾸 듣게 됩니다. 나도 모르게 눈길이 갑니다. 나만 안하고 있으면 세상에서 뒤떨어진 것처럼 생각이 됩니다. 공자는 그것까지도 인정합니다. 그래서 뒤에 마지막으로 이러한 말을 합니다. 그럴 수 있겠지, 하지만 그래도 다른 이들에게 상처가 되거나 해가 된다고 판단되면 그런 말은 하지마, 그러한 행동은 하지말라고 합니다.

누군가로부터 들은 말은 나에게 비수가 되었습니다. 상처가 되었고 아팠습니다. 그 말이 나에게 얼마나 아픈지 잘 아는데, 우리는 똑같은 말을 다른 사람에게 해서 상처를 줍니다. 외모로, 재산으로, 직업으로, 공부로 나를 판단하는 것이 그렇게 싫었는데, 어느새 나도 그 사람을 그렇게 판단하며 핀잔주고 모욕을 합니다. 최소한 그러지는 말라는 것입니다.

어른은 나이가 아닙니다. 어른은 성숙한 인간입니다. 성숙하다는 것은 끊임없이 자신의 말과 행동을 돌아보고 반성하며, 조금이라도 나은 사람이 되려고 노력하는 것입니다.

아마 지금쯤 어떤 분은 저에게 묻고 싶을 것입니다. 그럼 지금 이러한 말을 하고 있는 분은 이렇게 살고 계신가요?라고요. 아니요, 저는 이렇게 살지 못합니다. 이렇게 사는 것은 저 같은 평범한 사람이 할 수 있는 일이 아니니까요. 하지만 저는 참 좋은 기회를 가진 사람입니다. 매번 이런 것을 여러분에게 소개할 수 있는 기회도 아무나 가질 수 있는 기회는 아닙니다. 이러한 말들을 전달해드리고 설명해드리면서 저 스스로 저를 뒤돌아보게 되는 기회가 됩니다. 잊고 있던 저의 모습을 발견할 수 있습니다. 그리고 아주 잠시나마 반성하고 또 새롭게 각오할 수 있습니다. 저는 이것이 고전을 읽는 이유라 생각합니다.

한 번 읽었다고 모두 그렇게 생각하고 행동한다면 그 분은 사람이 아니라 신입니다. 사람이기에 늘 실수하고 반복하고 또 반성하고 또 반복합니다. 중요한 것은 반복되지만 스스로 깨우쳐 나가는 과정에 있다는 것이 아닐까요? 그래서 저는 여전히 모자란 사람이고, 배워가는 사람입니다. 반성하고, 깨우치고, 또 반성하고, … 그렇게 세상을 살아가는 사람일 뿐입니다. 정말 운이 좋게도 이런 공부를 해서 여러분에게 이야기를 전달할 수 있는 기회가 있을 뿐입니다. 그래서 현재 이 글을 읽고 있는 여러분에게 부끄럽고 감사합니다.

제4장

己(자신)

1. 사람과 性(성)

말씀드렸듯이 훌륭한 어른이 되는 첫째 덕목은 修養(수양)입니다. 여기서 말하는 수양이란 끊임없는 공부를 통해 자신을 돌아봄입니다. 유가에게 공부란 곧 사람다움, 사람다워짐이고, 그 사람다워짐은 인의 마음과 예의 실천이기 때문입니다. 끊임없는 공부가 필요한 이유는 우리가 인간이기 때문입니다. 인간은 한없이 나약하고, 한없이 변화하는 존재입니다. 오늘 아침과 저녁이 다르고, 1분 전과 지금의 내가 또 다릅니다. 더 솔직히 말하면 앞의 글자를 입력하면서도 머리 속에서는 온갖 생각이 교차하고 있는 게 인간입니다. 나를 둘러싼 모든 것들에 반응해서 춥다가 덥고, 덥다가 서늘해지고, 기분이 좋았다가 나빠지는 게 사람입니다.

이러한 인간의 존재를 성선이니, 성악이니, 성무선악이니 논하는 이유도 공부의 필요성을 강조하기 위해서입니다. 여기서 性(성)이란 본래부터 타고 태어난 고유의 것을 말합니다. 요즘에는 이 性(성)을 남자와 여자의 구분 정도로만 알고 있어서 男性(남성)과 女性(여성)이라는 말에만 사용하거나, 남여 사이의 행위를 말하는 것으로만 사용하는 듯합니다. 하지만 우리가 일상에 사용하는 어휘 중에 '본래부터 가지고 있는 고유의 것'이란 의미의 性(성)을 이용하는 것은 셀 수 없을 정도로 많습니다. "참 本性(본성)이 좋아", "그 애 性格(성격)은 어떤 것 같아", "물건의 性質(성질)을 파악해보자", "性情(성정)이 바르지 않다.", "검사 결과 陽性(양성)이랍니다.", "陰性(음성)이어서 참 다행이야.", "先天性(선천성) 희귀 질환", "兩性(양성) 평등", "習性(습성)을 고쳐야 해.", "그 사람이 失性(실성)을 했다면서?" 이 외에도 理性(이성), 知性(지성), 中性(중성), 個性(개성), 慢性(만성), 急性(급성), 慣性(관성), 屬性(속성), 酸性(산성), 性品(성품), 適性(적성), 特性(특성), 蓋然性(개연성), 正體性(정체성), 可能性(가능성), 融通性(융통성) 등 정말 많은 어휘에 포함되어 있습니다. 어휘학에서는 이렇게 하나의 어휘가 다른 어휘를 파생시키는 능력을 이야기할 때 조어력이 뛰어나다 혹은 높다고 말합니다. 조어력이란 어휘를 만들어 내는 힘을 말합니다. 그래서 다른 말로 어휘 생산력이 높다고도 합니다. 그렇게 보면 性(성)이라는 한자는 어휘생산력이 매우 높다고 할 수 있습니다. 한편 이렇게 생산된 어휘가 실제 언어 생활에서 많이 활용될 때 그 어휘는 常用(상용)하는 정도, 즉 일상적으로 이용하는 정도가 높다고 합니다. 상용도라는 표현을 사용합니다. 개별 어휘는 시대의 변화에 따라 상용도가 달라집니다. 또 조어력도 시대와 언중의 선택에 따라 달라집니다. 예를 들어, 위의 性

(성)과 관련된 어휘 중에 性情(성정)이란 어휘를 볼까요? 조선시대 때 나온 여러 글을 보다 보면 성정이라는 어휘를 쉽게 볼 수 있습니다. 그런데 요즘 여러분도 다른 사람들과 이야기를 나눌 때 '성정'이라는 단어를 사용하시나요? 사용하는 경우는 상대적으로 매우 적어졌습니다. 대신에 우리는 '캐릭터'라는 표현을 사용하거나 '성격'이란 의미를 확장하여 사용하고 있습니다. 하지만 性(성)의 조어력은 어떨까요? 여전히 새로운 어휘 형성에 힘을 발휘합니다. 물건 값에 비례한 물건의 품질을 이르는 말인 가성비는 價格(가격)과 性能(성능)의 比率(비율)을 줄인 말이니, 여전히 性(성)이라는 글자는 힘을 발휘하고 있는 셈입니다.

性의 자형 변화

이렇듯 조어력도 높고 상용도도 높은 性(성)이란 글자는 마음 심과 태어나다, 생기다라는 의미를 가진 生(생)이 결합한 글자입니다. 동양사회에서 心(심)은 참 어려운 글자입니다. 우리말로 풀이하면 마음과 중요한 것, 또 생각, 가슴 등등으로 다양하게 표현됩니다만, 결국 사람의 육체를 뺀 나머지를 말하거나 사람의 심장에서 파생된 의미 두 가지로 볼 수 있습니다. 사람의 심장은 가장 중요한 곳입니다. 심장이 없으면 생명을 유지할 수 없으니까요. 그러니 중요한 곳이 되거나, 인간 생명의 근원이 됩니다. 또 심장이 위치한 가슴이 되니, 그곳은 사람의 중앙, 중심이기도 합니다. 중요한 곳이니 핵심이죠. 반면에, 육체가 아닌 정신의 의미로도 사용해서 마음이나 의지, 뜻, 생각 등등으로 사용되기도 하는데, 性(성)에서의 심은 이 두 가지를 같이 표현합니다. 곧 태어날 때 정해진 육체적 특징과 정신적 특징이죠. 곧 영과 육의 독특함입니다. 모든 사람이 비슷하지만 같지는 않습니다. 또 독특함을 집합하면 분류의 기준이 됩니다. 최근에 많은 사람들이 즐겨하는 MBTI도 결국 성격의 특징을 분류하는 것이고, 혈액형도, 관상도, 손금도 모두가 특징들을 다른 것들과 연결시켜 분류한 정보의 집합인 셈입니다.

이렇듯 性(성)은 타고날 때부터 있는 것인데, 性善(성선)이니 선한 존재가 본질이고, 性惡(성악)이니 악한 존재가 본질인 셈입니다. 제가 여기서 왜 착하다, 악하다라고 표현하지 않을까요? 선은 착하다라고 하기에는 너무 범위가 넓은 개념이기 때문입니다. 악하다는 대응되는 우리말을 찾기조차 어려워서 그대로 악하다라고 하니까요. 선은 다른 말로 표현하면 利他(이타)입니다. 악은 다른 말로 하면 利己(이기)입니다. 利(이)는 곡식을 뜻하는 禾(화)와 칼을 의미하는 刀(도)가 합쳐진 글자로, 곡식을 자르기 위한 칼은 당연히 '날카로워'야 하기 때문에 '날카롭다'라는 의미로 銳利(예리)같은 어휘에서 사용됩니다.

利의 자형 변화

또한 사람들에게 생명을 유지할 곡식을 수확하는 것이니 '이롭게' 하는 것이죠. 사실 이러한 설명을 할 때가 제일 어렵습니다. 우리말로 쉽게 그 뜻을 전달하고 싶은데 도저히 한자를 넣지 않고는 어휘를 사용할 수가 없습니다. '이롭게'의 '이'도 사실 利(이)이고, 이익이라고 할 때도 한자이니까요. 人(인)을 사람이라고 대응하듯 우리말로 풀이하면 좀 편할 텐데요. 반면에 영어로는 그나마 benefit과 advantage로 대응할 수 있는데 말입니다. 이것은 우리가 한자를 우리말로 받아들였기 때문입니다. 이미 한자가 우리말인데 왜 그것을 다시 풀이하고 대응되는 어휘를 만들 필요가 있을까요? 그러다 보니 한자로 기록할 수 있는 어휘 중 많은 어휘는 이미 우리말화가 되었습니다. 이제 와서 그것을 나누려면 그에 대응되는 우리말 고유어가 필요한데 그것을 어떻게 할 수 있겠습니까. 그것은 불가능한 일입니다. 한자를 배우지 않아도 된다고 주장하는 분들은 한국어 속의 어휘 습관을 이해하지 못하기 때문입니다. 때로는 중국의 것이라면서 민족적이거나 국가적 색채를 드러내는 것도 언어와 문자의 문제와는 별개의 것입니다.

2. 학습과 교육

방금 보았듯 利(리)는 어떤 대상을 유리하게 하고 이익이 되게 하고 이롭게 하는 것입니다. 이타란 다른 사람을 위함입니다. 내가 아닌 다른 사람을 배려해서 생각하고, 말하고, 행동하는 것입니다. 생각은 누구나 할 수 있으나 그것을 말로 하는 것은 어렵습니다. 말로 툭 내뱉을 수는 있지만 그것을 결정해서 행동으로 옮기는 것은 더욱 어렵습니다. 때로는 나의 시간을 다른 이를 위해 사용해야 하고, 때로는 육체적, 금전적 혹은 사회적 손해를 볼 때도 있기 때문입니다. 자신을 희생한다고 표현하기도 하지만, 이타라는 것은 결국 인이고 자비이고 사랑입니다. 다만 그것을 지칭하는 용어가 다르고 개념 규정이 조금씩 다를 뿐입니다. 효도, 충도, 우애도, 믿음도 모두가 이타입니다. 그런 이타가 善(선)입니다. 그러니 '착하다' 한 마디로 선을 규정할 수는 없습니다. 반복해서 이런 이야기를 하는 것은 한자나 한문을 공부하는 방법을 알려드리기 위해서입니다. 우리말로 대응되는 한자의 뜻이 원래 한자가 대응하는 개념이나 정의, 범주보다 작은데 그것을 해당 한자의 의미라고 받아들이게 되는 순간 받아들이는 어휘의 범주나 정의가, 읽은 문장의 의미가 축소되어 버립니다. 積善(적선)은 '착함을 쌓다'라고 해석하는 것과 '선을 쌓은 것'이라고 해석하는 것은 분명히 차이가 있습니다. 물론 착하다라는 우리말을 확장해서 생각해 보면 의미가 상통할 수도 있습니다만, 우리는 그렇게까지 의미를 확장하지 않습니다. '착하다'라는 표현을 언제 쓰는지 생각 해보고 선이라는 단어의 의미와 같은 개념까지 사용하는가를 고민해 보시면 그 차이를 짐작하실 수 있습니다. 네, 물론 제가 다를 수 있습니다. 그러나 제 생각에는 그렇습니다. 그렇기 때문에 제 생각에는 惡(악)을 우리말의 어떤 것으로 대응하기 어려웠고, 착하다와 같은 우리 고유어가 없는 이유라고 생각합니다. 반면에 악은 자신을 위함입니다. 다른 사람을 배려하지 않음입니다. 그것을 악이라고 표현하는 것입니다. 내가 잘 먹는 것이 중요하고, 내가 잘 입는 것이 중요합니다. 부모든 형제든, 자식이든 내가 아닙니다. 다른 사람입니다. 더욱이 어제 알게 된 사람은 나랑 더 먼 사람입니다. 길거리에서 구걸하는 이와 연계되는 것 조차 싫습니다. 나만 알면 됩니다. 우리는 이것을 '이기'라고 합니다. 태어날 때부터 내가 세상의 중심이자 모든 가치 판단의 기준이니 사회의 구성원으로 살아갈 수 없습니다.

설령 이타적으로 태어났더라도 사회와 경제적 환경은 이러한 이타심을 점차 이기로 바꾸어 놓습니다. 어느 정도 이기적이지 않으면 세상살이를 할 수 없다고 합니다. 우리가 흔히 듣는 이야기입니다. 이기적으로 살아서 다른 사람들이 손가락질하고 비난할지언정 내게는 중요치 않습니다. 여전히 사회적 지위와 경제적 지위를 누리며 살 수 있습니다.

이런 상황은 점점 더 심화되어 조금의 이기심은 한 걸음 더, 한 걸음 더의 이기로 바뀌어 가고, 각자가 이기를 하다 보니 다툼이 발생합니다. 나와 관계가 먼 이들과의 다툼은 점점 더 나와 가까운 이들과의 다툼으로 다가옵니다. 종교 때문에 전쟁을 일으키고 내가 이기기 위해 폭탄을 쏟아붓습니다. 정치적 입지를 지키기 위해 몇 명 쯤은 희생해도 아무런 문제가 되지 않습니다. 옆집이 파산한 것은 나와 무슨 관계가 있습니까. 길을 걷던 중 옆 사람이 쓰러지면서 내 다리에 상처를 남겼는데, 쓰러진 사람과 내 다리에 난 상처 중 무엇이 더 중요합니까. 나의 이익을 위해 다른 사람을 속이는 것에 아무런 죄책감도 느끼지 않습니다. 돈을 벌기 위해 마약을 파는 것이 왜 문제일까요. 그렇습니다. 아주 예전 맹자는 이렇게 얘기합니다.

> "왕께서는 어찌 반드시 利(이)를 말씀하십니까? 다만 말씀에는 인의가 있어야 합니다. 왕께서 '어떻게 내 나라를 이롭

게 할까' 하시면 대부는 '어떻게 내 집안을 이롭게 할까'할 것이며 사대부는 '어떻게 내 몸을 이롭게 할까'하니, 윗사람과 아랫사람이 서로 자신만의 이익을 취하는 형태가 되어 나라가 위태로울 것입니다. 만승(천자)의 나라에서 그 천자를 시해하는 자는 반드시 천승(제후의 나라)의 가문이오, 천승의 나라에 그 군주를 살해하는 자는 반드시 백승(대부)의 가문일 것입니다. 만승이 천승을 갖고, 천승이 백승을 갖음이 많지 않은 것이 아닙니다. 이럼에도 진실로 의(義)를 뒤로 하고 이익을 앞세운다면 (남의 것을) 빼앗지 않고는 그만두지 않을 것입니다."

맹자 초상

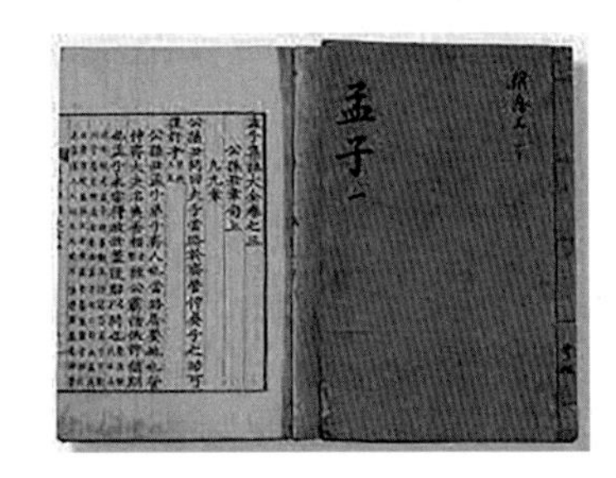

≪맹자≫

충분히 가지고 있으나 여전히 모자랍니다. 충분과 모자람은 주관적이니까요. 그래서 서로 빼앗습니다. 서로 다툽니다. 그럼 이렇게 되지 않으려면 어떻게 해야 할까요? 그러지 않아야 한다고, 그러지 말라고 배우고 공부해야 합니다. 자신의 이타를 더럽힌 이기를, 이기적인 나를 이타로 돌려놓는 방법이 바로 학습 방법입니다. 무엇을 학습해야 할까요? 바로 인간다움이 무엇인가를 학습해야 하고 인간으로 사는 방법이 어떤 것인지 스스로 깨우쳐 나가기 위해 매일같이 읽고 생각하고 수양해야 합니다. 그러니 당시 사람들에게 교육은 "인간"을 만들기 위한 것이었고, 학습했다는 것은 "인간다움"을 가진 사람이 되는 방법이었던 셈입니다.

3. 구사와 구용

당시 사람들은 사람답기 위해 어떻게 살아야 한다고 했을까요? 다시 말해 그들이 생각한 기본적인 규칙은 무엇이었을까요? 우리나라의 유명한 성리학자인 율곡은 ≪격몽요결≫에서 구사와 구용을 이야기합니다. 사실 이 구사구용은 율곡이 처음 이야기 한 것은 아닙니다. 중국의 유가학자들에게는 이미 보편적인 내용이었습니다. 그 유명한 내용을 율곡이 이 책에서 다시 인용한 것은 율곡 스스로 생각하기에 중요한 내용이었기 때문입니다. 그렇다면 구사와 구용은 무엇일까요?

율곡 초상

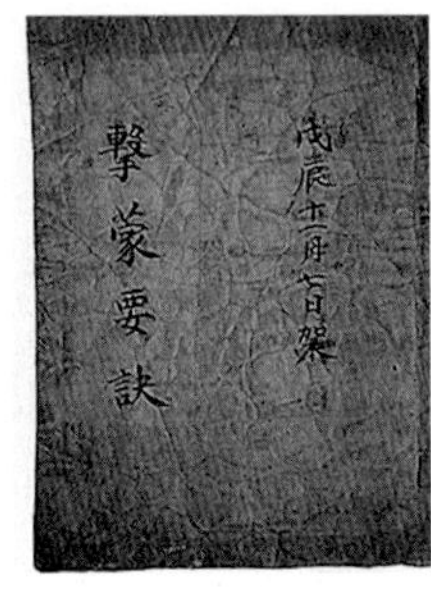

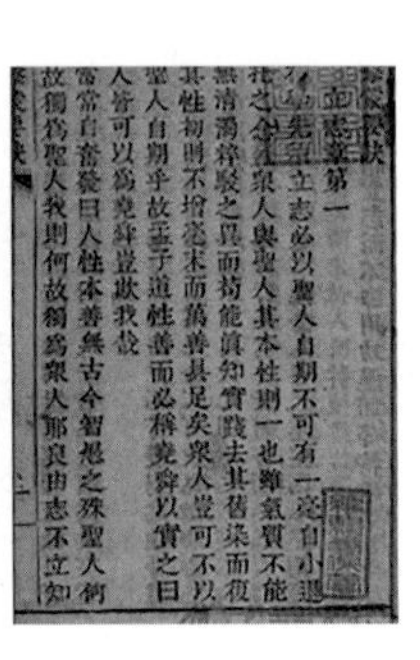

擊蒙要訣

立志章第一

初學先須立志必以聖人自期不可有一毫自小退
託之念蓋衆人與聖人其本性則一也雖氣質不能
無淸濁粹駁之異而苟能眞知實踐去其舊染而復
其性初則不增毫末而萬善具足矣衆人豈可不以
聖人自期乎故孟子道性善而必稱堯舜以實之曰
人皆可以爲堯舜豈欺我哉
當常自奮發曰人性本善無古今智愚之殊聖人何
故獨爲聖人我則何故獨爲衆人耶良由志不立知

≪격몽요결≫

구사와 구용에서 구는 아홉을 나타내는 9이고, 사와 용은 각각 생각하다 思(사)와 받아들이다는 뜻의 容(용)입니다. 일반적으로 용을 얼굴이라는 의미로 알고 있지만, 실제로는 용이 얼굴이라고 사용되는 예는 많지 않습니다.

자원을 살펴보면 容(용)은 집을 나타내는 宀(집 면)과 마치 谷(곡)처럼 생긴 것이 합해진 글자입니다. 곡이 아니고 곡처럼 생겼다고 한 것은 예서로 변하는 과정에서 글자의 모양이 원래의 의미를 잃고 변하였기 때문입니다. 容(용)의 갑골문을 보면 안을 뜻하는 內

(내) 안에 항아리 같은 모양이 하나 있어서, 창고에 물건을 보관한다는 뜻이 됩니다. 곧 무엇인가를 보관한다, 들인다는 의미가 본의인 셈입니다. 그래서 容器(용기)는 기구를 사용함이란 의미의 用器(용기)가 아니라 담는 그릇이란 의미가 되고, 容量(용량)은 들일 수 있는 양이 됩니다. 이후에 얼굴의 모양에 여러 요소, 즉 코와 눈, 귀 등이 들어와 있는 것을 비유하여 얼굴이라는 의미로 사용됩니다. 우리는 얼굴이라는 의미로 더 많이 사용하는 것 같지만, 관련된 어휘의 종류와 상용도를 보면 내용물, 받아들이다라는 의미로 사용된 경우가 얼굴이란 의미보다 적지 않습니다.

容의 자형 변화

容貌(용모)라고 하면 얼굴이라는 뜻이지만, 寬容(관용)이라고 하면 널리 받아들인다는 의미가 됩니다. 內容(내용), 許容(허용), 容認(용인), 受容(수용), 容恕(용서), 容易(용이), 包容(포용), 形容詞(형용사), 容納(용납), 許容(허용) 등과 容顔(용안), 美容(미용) 등의 의미를 풀이해 보셔도 짐작이 되리라 생각합니다. 아, 여기서 容顔(용안)은 얼굴의 의미이고, 여러분이 역사 드라마나 영화에서 임금님을 향해 말하는 龍顔(용안)은 龍(용)자를 사용합니다. 容(용)이 구조적인 얼굴을 말한다면, 顔(안)은 얼굴빛이나 표정, 면목 등을 나타냅니다.

그럼, 九思(구사)는 아홉 가지 생각이고, 九容(구용)은 아홉 가지 容(용), 즉 담아내는 행동을 말합니다. 우선 구사 중 앞의 네 가지는 다음과 같습니다.

> 視思明, 聽思聰, 色思溫, 貌思恭
> 시사명, 청사총, 색사온, 모사공

視(시)는 앞에서도 말씀드렸지만 무엇인가를 응시하면서 보고 있는 것이니, 이렇게 볼 때에는 우리가 明(명)하게 하고 있는지를 생각해 보아야 한다는 의미가 됩니다. 明(명)은 많은 분들이 日(일)과 月(월) 즉 해와 달의 결합으로 보아, 밝음을 나타낸다고 알고 계시지만, 갑골문에서는 日(일)이 아니라 작은 창을 나타내는 모양이고, 이것이 후에 日모양처럼 변한 것입니다. 곧 밤에 작은 창을 통해 들어오는 달빛의 밝음, 어둠 속의 한줄기 빛입니다. 어둠과 대비되는 밝음이니 낮에 보는 밝음과 비교할 수 없습니다. 그래서 '밝다'라는 물리적 현상을 지칭하는 것 외에도 사리 분별에 밝음이나 확실함 등의 의미로 확장될 수 있는 이유가 됩니다. 그러니 여기서 明(명)의 의미는 무엇인가를 살펴볼 때, 혹은 주목함에 있어서 옳은 가치와 판단을 통해 하고 있는지 항상 고민해야 한다는 의미가 됩니다. 또한, 廳思聰은 비슷한 의미로 무엇인가를 들으려 할 때, 혹은 집중해서 듣고 있을 때는 바른 가치와 판단으로 분별하고 있는지 생각해야 한다는 의미가 됩니다. 聽(청)은 귀로 무엇인가를 집중해서 듣거나 들으려 하는 것이고, 聰(총)은 귀로 바른 것을 듣는다는 의미입니다. 듣고 보는 것을 지혜롭게 하는 것을 우리는 聰明(총명)하다고 표현합니다. 부모님들이 아이가 지혜롭게 되라는 의미에서, 그러니 총명해지기를 바라는 마음에서 준비해주시는 약이 액체로 끓여 마시는 것이니 聰明湯(총명탕)이라고 말합니다. 도움은 되겠으나 그것 자체로 총명해진다는 것은 사실 불가능하겠죠. 그런 희망과 기대를 나타내는 것이 아닐까요? 보고 듣는 것 외에도 몇 가지를 더 이야기합니다.

色思溫은 낯빛, 즉 얼굴의 색을 온화하게 했는지를 생각한다는 것으로, 다른 사람을 대할 때 그 사람이 보는 나의 얼굴이 어떤지를 생각해 보라는 의미입니다. 또한 貌思恭란 나의 모습은 공손한지, 즉 다른 사람을 존경하고 배려하는 태도인지를 생각해 보라는 의미입니다. 앞의 두 가지, 보고 듣는 것은 나 스스로 경계하고 주동적으로 하는 것이지만, 뒤의 두 가지 즉 얼굴빛과 태도는 다른 사람에 대한 나의 태도입니다.

아직 다섯 개가 남았습니다. 위의 네 개만으로도 충분히 훌륭하겠지만 유가의 생각은 달랐습니다. 다섯 개를 차례로 나열하면 다음과 같습니다.

> 言思忠, 事思敬, 疑思問, 忿思難, 見得思義
> 언사충, 사사경, 의사문, 분사난, 견리사의.

간단히 해석해 드리면, 말은 진심을 다하고 있는가, 의문이 있을 때는 묻기를, 분할 때는 어려움을, 그리고 이익이 보이면 의로운 것인가를 생각하라는 뜻입니다. 어렵네요. 매일 매일을 이렇게 사는 사람은 정말 찾아보기 어려울 것입니다. 하지만 자신이 못한다고 하여 옳은 일을 말하지 않을 수 없습니다. 모두 지키지는 못하여도 그 중 하나 둘이라도 지키며 살아가기를 바라는 마음입니다.

言(언)은 보통 말씀이라고 많이들 아시는데, 원래 글자의 의미는 입을 통해 무엇인가가 나오는 것을 말합니다. 언의 아래 부분은 입이고 위의 부분은 무엇인가가 나오는 모양이 변한 것이거든요. 그럼 입을 통해 나오는 것은 무엇일까요? 네. 소리입니다. 우리는 속 깊은 곳에서 공기를 끌어다가 성대와 입의 혀, 이빨, 입술 등을 이용해 소리를 만들어 냅니다. 떨림과 높이, 파열과 파찰 등의 소리입니다. 그러니 '언'의 원래 의미는 입을 통해 나오는 소리입니다. 그런데 그 소리 중 서로가 분별이 가능한 소리, 즉 서로 소통할 수 있는 음이 있습니다. 그 소리의 집합을 우리는 말이라고 하였던 것입니다. 그러나 말이라는 의미로 더 많이 사용되거나, 말하다라는 의미를 더 강조하자, 소리는 획을 하나 더해서 音(음)을 만들어서 의미를 분리합니다. 그러나 역시 그렇다고 하여도 언은 분별되는 소리라는 의미가 더 강합니다. 그럼 언과 항상 붙어다니는 語(어)는 무엇일까요? 우리가 지칭하고 싶은 대상이 있을 때, 예를 들어 오늘 새로운 꽃을 발견했을 때 그 꽃을 무엇이라고 부를까 고민하다 '예쁜 꽃'이라고 부르면, 그건 소리가 대상을 지칭하게 되는 것이죠. 이렇게 무엇인가를 규정하거나 나타내는 것을 語라고 합니다. 곧 의미가 있는 소리, 무엇인가를 나타내는 것입니다. 그러니까 우리가 언어라고 하면 소리와 의미를 합친 말이고, 공자의 말을 적은 것은 논언이 아니라 논어가 되는 겁니다. 語文(어문)이라고 하면 의미와 기록이 되기도 하고, 의미를 기록한 것이 되기도 하며, 언어와 문학이라는 의미가 되기도 하지만 결국 본질은 변하지 않아서 무엇인가를 의미하는 것이란 최소의 의미가 여전히 포함되어 있습니다. 그러니 單語(단어), 熟語(숙어)와 言重(언중), 宣言(선언)과 같은 단어에서도 그 의미가 아주 미묘하게 다른 것입니다. 아, 물론 그 의미가 어떻게 얼마나 다른지 정도나 표현을 해달라고 하면 저도 자신이 없습니다. 그건 그 어휘를 사용하는 사람들 사이의 암묵적으로 약속된 관습같은 것이니까요. 어떻게 보더라도 언과 어가 서로 바뀌어 사용되는 경우가 없는 것을 보면 분명 두 한자의 의미는 분별되고 있는 것입니다.

忠(충)은 진심을 다하다, 최선을 다하다라는 의미이죠. 말은 내가 하는 것이지만 실제 말은 누군가가 듣는 것이죠. 대개의 경우 상대방이 없는데 말하지는 않습니다. 그러니 내 말을 들어주는 상대방에게 진심어린, 내가 지금 할 수 있는 최선을 다한다는 의미가 됩니다. 이것이 상대방에 대한 존중이고 자신을 가치롭게 하는 것이라고 생각한 것입니다. 이렇게 되지 않죠. 우리는 참 쉽게 말합니다. 속된 말로 '뚫린 입이라고...'처럼 상대방이 어떻게 듣는가가 중요한 게 아니라 내가 어떻게 내 감정을 다 쏟아내서 상대방을 이겨야지, 내 억울함을 풀어야지, 내가 힘든 걸 호소해야지 등등 자신을 위하거나 쉽게 다른 일이나 사람을 판단하면서 표출합니다. 말이 모든 재앙의 근원이 되는 이유도 신중하지 않게 말하기 때문입니다. 말은 내 생각과 감정을 표출할 수 있는 가장 쉬운 방법이기 때문입니다. 쉬운 방법이다 보니 흔하게 되고 흔한 것은 많은 실수가 있게 됩니다. 또한 말이란 것이 한 번 공기를 타고 상대방의 귀에 도달하는 순간 바로 사라져 버려 청자와 화자 사이의 기억에만 남게 되는 것도 쉽게 말하는 이유 중 하나입니다. 인간의 기억은 완벽하지 않습니다. 선택적으로 기억합니다. 모든 것을 다 기억할 수도 없고, 영원히 기억하지도 못합니다. 내가 어제 그 사람에게 무슨 말을 했는지, 내가 오늘 아침에 무엇을 들었는지 정확하게 객관적으로 모든 것을 기억하는 것은 여러분 손에 들려있는 핸드폰과 같은 기계 녹음 이외에는 없습니다. 기록해 놓으면 불편하고 죄스럽고 미안해서 혹은 마음의 상처가 되고 아픔이 남아서라도 조심할 텐데 그렇지 않게 됩니다.

쉽게 하는 말이고 많이 하는 말이니 나도 모르게 듣는 이를 불편하게 만드는 경우가 많습니다. 어떤 때는 듣는 이를 힐난하기도 하고, 욕하기도 합니다. 서로 목소리를 드높이며 어떻게 하면 더 상대방을 벨 수 있을까하며 최대한 날카로운 말을 꺼내어 뱉어내기도 합니다. 욕이라는 것이 그런 것입니다. 상대방을 무시하고 얕잡아 보는 것이 욕입니다. 辱(욕)은 나와 상대가 평등한 사람이라고 생각하지 않는 차별성에서 나옵니다. 욕을 들은 상대방은 화가 납니다. 힐난하는 소리를 들은 사람도 서운함을 넘어 상대방에게 똑같은 앙갚음을 생각하기도 합니다. 불편해지니 그 사람을 멀리하게 됩니다. 결국 내 입을 통해 했던 말이 다시 그 사람들을 통해 나에게 돌아옵니다. 그러니 자신을 위해서라도 말을 조심하고 최선을 다해 겸손한 자세가 되어야 합니다. 그런데 이게 제일 어렵습니다.

"칭찬은 고래도 춤추게 한다"는 말을 들어보신 적이 있으신가요? 이왕에 상대방에게 말을 하시는 거라면 욕이 아닌 칭찬을 하면 어떨까요? 그렇다고 없는 것까지 만들어서 하라는 것은 아닙니다. 없는 것을 만들어서 하는 것은 칭찬이 아니라 상대방을 다른 방법으로 모욕 주는 것입니다. 그럼 상대방을 대할 때, 우리가 다른 사람을 대할 때는 어떤 마음가짐을 가져야 할까요? 상대방을 인정하는 것입니다. 세상에 태어나 지금까지 살면서 최선을 다해 살지 않는 사람은 없습니다. 다른 사람들이 보기에는 게을러 보이고 가지 않아야 할 길을 가는 것처럼 보이지만, 모든 일에는 다 이유가 있고 그 안에는 나름의 결정과 노력이 있는 삶이 있습니다.

섬긴다는 것은 상대방을 존중하는 것입니다. 우리가 생활 중에 만나는 어떤 누구도 존경하지 않아야 할 이유가 없습니다. 알지만 안됩니다. 때로는 마음은 그렇지 않지만 표현이 그렇지 않을 때도 많습니다. 살다보면 늘 좋은 일만 생기지는 않습니다. 하루에도 수백 번 마음은 변합니다. 감정이 달라지는 것을 어떻게 하겠습니까. 세상 모든 일이 내 마음 같지는 않으니까요. 아무리 노력해도 되지 않는 것이 사람의 마음입니다. 같은 것을 보더라도 어떤 이는 즐겁고 어떤 이는 슬프고 어떤 이는 화나고 어떤 이는 그것을 넘어서 억울하기까지 한 게 사람입니다. 나에게 집중하더라도 그렇습니다. 동일한 사건을 두고도 내가 어떤 마음의 상태인가에 따라 전혀 다른 감정이 발생하니까요.

그럴 때면 어떻게 하십니까. 오해가 생기고 이해가 되지 않을 때면 우리는 상대방과 나 모두를 위해서 끊임없이 물어야 합니다. 의심스러운 모든 것들을 묻는 것은 상대방을 얕보는 것도 아니고, 내가 한심스럽고 바보 같아서가 아니라 우리 서로를 이해하기 위한 첫 번째 걸음입니다. 궁금할수록, 조금이라도 마음에 거리낌이 있으면 물어야 합니다. 그러다보면 상대방의 감정과 생각을 이해할 수 있게 되고, 나의 감정과 생각을 상대방이 이해할 수 있으니까요. 침묵하고 지나쳐 가는 것은 어쩌면 상대방을 무시하는 행동일 수 있고, 나를 속이는 행동일 수 있습니다.

묻는다는 것은 결국 알고 싶은 것이고, 알고 싶다는 것은 궁금함입니다. 그러니 상대가 누구든 나보다 무엇인가를 더 알고 있다면 묻기를 주저하지 않아야 합니다. 不恥下問(불치하문)이란 나보다 나이가 어린 이에게라도 묻기를 부끄러워하지 않는다는 의미입니다.

다음으로 盆(분)을 볼까요. 盆(분)의 아랫부분은 그릇을 뜻합니다. 윗부분은 나뉨을 의미하죠. 그래서 분은 나뉘어져 있는, 혹은 나누어서 그릇에 담는 것을 말합니다. 무엇인가를 담는 그릇같은 도구를 분이라고 합니다. 花盆(화분), 盆栽(분재)와 같은 단어에서 볼 수 있습니다. 옛말 중에 覆水不返盆(복수불반분)이란 말이 있는데, 覆(복)이란 엎어진 것이니 엎어진 물이란 뜻입니다. 엎어진 물은 返(반) 돌아오다, 돌이키다이니 앞에 부정사 不(불)이 연결되어 돌이킬 수 없다가 되어 담는 그릇에 돌이킬 수 없다가 됩니다. 엎어진 물은 다시 담을 수 없다는 의미입니다. 우리의 말과 행동은 그런 것입니다. 이미 결정하였고, 이미 내 입을 통해서 밖으로 나갔으니 그걸 어떻게 다시 돌이키겠습니까. 이미 상처를 주었는데 그걸 어떻게 돌이켜서 없던 일로 할 수 있겠습니까.

盆의 자형 변화

무엇인가를 담는 그릇, 도구의 뜻에 怒(노)가 더해지면 忿怒(분노)가 되는데, 이때 憤怒(분노)와 통용됩니다. 통용된다는 것은 음이 같아서 둘 사이의 의미를 서로 바꾸어 쓴다는 의미입니다. 憤(분)이란 마음 속에 무엇인가가 있다가 일시에 쏟아져 나오는 것을 말합니다. 화가 난다는 것도 마음 속에서 무엇인가가 올라오는 것인데, 화보다 더 심하게 일시에 올라오는 것이 분입니다. 결국 화이든 분이든 마음의 평정을 잃는 상태입니다. 그리고 그 모든 것을 다른 이에게 쏟아내는 것이죠. 소리를 지르고, 폭력을 사용하는 것은 당장에는 자신의 불편하고 평온하지 않은 마음을 해소하는 것처럼 보이나 그 때문에 더 큰 어려움을 초래합니다. 불편한 마음, 온당치 않은 처사라 할 지라도 차분히 자기를 통제하고 조절할 줄 아는 것이 어른이고, 세상을 살아가는 지혜입니다.

저 개인적으로 마지막 아홉 번째는 우리가 깊이 생각해 보고 마음에 새겨야 할 가치라고 생각됩니다. 자본주의 사회에 살아가고 있는 우리에게 경제적 가치는 세상 모든 가치보다 중요하게 여겨지곤 합니다. 명예도 그렇습니다. 지위도 그렇죠. 결국 다른 어떤 사람보다 '낫다'라는 비교에서 우리는 늘 利(이)를 생각합니다. 利(이)란 결국 나에게 이익이 됨이고, 이익이 된다는 것은 나를 편하게 하는 기본적인 이유가 됩니다. 그런데 나에게 이익이 된다고 하여 사회적 규범과 도덕, 의무와 같은 가치를 넘어서야 할까요?

때로는 그것이 재물이든 명예든 나에게 이로운 것이라 할지라도, 그것이 사회적으로 말하는 의로움(의), 곧 정의에 합당한 것인지 판단해야 합니다. 정의는 정의하기 참 어렵습니다. 사람마다 판단하는 기준이 다 다르니까요. 그럴 때는 우리가 알고 있는 사회적 규범과 도덕을 생각해 보면 어떨까요. 양심에 기반한 사회적 규범과 도덕은 이 사회를 살고 있는 누구나 긍정할 수 있는 기준이 되니까요. 공적인 일과 관련하여 뇌물 혹은 뇌물처럼 보일 수 있는 물질이나 혜택을 받는 것은 정의가 아닙니다. 누구나 지켜야 할 규칙을 어기는 것은 정의가 아닙니다. 자신이 책임져야 할 일을 다른 사람에게 책임지게 하거나, 자신이 하지 않은 일을 자신이 한 것처럼 취득하는 것도 정의가 아닙니다. 자신의 지위가 높다고 지위를 이용하여, 혹은 재물이 많다고 하여 재물을 근거로 다른 사람들을 경시하거나 이용하는 것도 정의가 아닙니다.

정의롭지 않은 일이 너무 많은 세상입니다. 정의롭지 않은 것은 정의롭게 해야 합니다. 때로는 희생이 있더라도 정의롭게 해야 합니다. 그렇지 않으면 정의롭지 않은 세력은 점점 그 세를 늘려 모두를 평화롭지 않은 세상으로 만들 테니까요. 법은 정의를 실현하기 위해 필요한 것이지, 정의롭지 않은 사람들을 보호하기 위함이 아닙니다.

그럼 우리 사회는 정의로울까요? 정의롭지 않은 사람들이 여전히 자신의 이익을 위해 사는 것은 왜일까요? 때로는 그런 사람들을 보면서 나 혼자만 정의롭게 사는 것이 손해처럼 느껴지기도 합니다. 하지만 세상은 그렇게 정의롭지 않은 사람들을 호의호식하게, 혹은 좋은 기억으로 남기지 않습니다. 그들은 언젠가 자신의 힘을 잃거나 악한 자로 기억되어 역사 대대로 사람에게 손가락질 받으며 입에 오르내리게 됩니다.

구용(九容)에서 용은 이미 설명을 드렸으니, 간단히 말씀드리면 구사가 지켜야 할 규범이라면, 구용은 행동에 관한 것입니다. 어디를 가서든 함부로 발걸음을 가볍게 하지 말고 진중하게 하라는 足容重(족용중), 누구를 만나든 어떤 환경에 처하든 손을 가지런히 공손하게 하라는 手容恭(수용공), 눈의 형태를 단정하게 하라는 目容端

(목용단), 입은 항상 지긋이 닫고 있으라는 口容止(구용지)입니다.

발걸음을 옮기는 것은 너무나 쉬운 일일 수 있습니다. 누가 그러더군요. 두 발 달린 짐승이 어디를 못가겠냐고요. 맞습니다. 그러나 그곳이 꼭 가야 할 곳인지, 그 곳에서 내가 만나고 부딪치게 될 일이 무엇인지 안다면 설사 아무리 호기심이 생기더라도 그곳으로 발걸음을 옮기지 않아야 합니다. 살다보면 나도 모르게 혹은 호기심 등의 어떤 이유로 옮긴 발걸음으로 인해 보지 않아야 할 것을 보게 되거나 듣게 되는 등 경험을 가지게 되고 이것은 나에게 큰 손해가 될 때도 있습니다.

손을 공손하게 하는 것은 굳이 설명을 드리지 않아도 아시리라 생각합니다. 손은 우리의 행동을 보여주는 대표적인 기관이고, 우리는 손을 통해 많은 것을 하고 있으니까요. 어찌보면 인간의 의지대로 가장 잘 움직일 수 있는 기관이 손이 아닌가하는 생각도 듭니다. 손의 모양을 보고 우리는 많은 것을 알게 되는 것도 결국 손이 자유 의지를 표현하기 때문이겠죠.

눈의 형태를 단정하게 하라는 것은 밝은 눈을 가지고 상대방을 응시하라는 것입니다. 우리도 주변에서 많은 사람들을 만나지만 상대방이 눈빛을 흐리거나 집중하지 못하거나 흔들리고 있으면 그 사람과 제대로 된 대화를 하기 어렵습니다. 그러니 나 스스로도 바른 눈을 보일 수 있도록 노력하라는 의미입니다.

입은 항상 지긋이 다물고 있으라는 것은 말수를 줄이거나 말을 신중하게 하는 것 외에도 평소에 입을 벌리거나 침을 흘리는 등의 행위를 조심하란 의미도 있습니다. 우리가 우연히 만난 어떤 이가 그런 행동을 보일 때 여러분이 어떤 반응을 보일지 생각해 보시면 왜 이런 말을 하는지 쉽게 짐작하실 수 있으리라 생각합니다.

이후에 이런 말을 전합니다. 聲容靜(성용정) 목소리는 고요하게 하고, 頭容直(두용직) 머리는 꼿꼿하게 세우며, 氣容肅(기용숙) 호흡은 정숙하게 하고, 立容德(입용덕) 서 있음은 덕스럽게 보이며, 色容莊(색용장) 얼굴 빛은 엄숙하게 한다. 나머지는 굳이 설명이 필요치 않을 듯 합니다. 마지막에 莊(장)은 '장엄하게'라고 많이 알려져 있으나 '엄숙하게'라는 의미도 같이 가지고 있습니다. 곧 얼굴의 색을 태만하거나 흥분하거나 창백하게 하는 등 마음의 상태를 잘 조절하지 못하지 말고 항상 진지한 태도로 모든 것을 조용히 관찰하고 대하라는 의미입니다.

지금까지 구용과 구사를 설명 드렸는데, 함께 보신 여러분들은 어떤 생각이 드시나요? 사실 모두 어려운 이야기입니다. 이 많은 것을 지키며 사는 것이 쉬울 리 없습니다. 그럼에도 조선 시대 우리의 스승들은 이러한 것을 후학들, 특히 아이들의 몸에 배도록 교육하고자 했습니다. 그렇다면 조선 시대는 정말 예의의 나라였을까요?

세상 모든 것들이 그렇듯 아무리 좋은 제도와 법률도 누가 그것을 어떻게 사용하는가에 따라 달라집니다. 처음 이것을 시작한 이는 마음을 다하는 사고와 행동의 규범으로 제시했겠으나, 후대로 갈수록 사람들의 이기심과 사리 추구는 이것을 형식적 혹은 겉으로의 장식으로 변질시켰습니다. 空理空論(공리공론)이었습니다. 지금까지 우리가 살펴보았듯 첫 유가의 시작은 실질적인 현실이었습니다. 모두가 함께 잘 살기 위해, 나의 이익보다는 상대방의 이익을, 내가 한 걸음 나아가기 보다는 상대방을 더 공경하고 존중하여 서로가 서로에게 힘이 되어 믿고 의지하는 세상이었습니다.

그러나 세상은 변하였고 유가는 오히려 세상 사람들을 구속하는 이론으로 사용되게 됩니다.

4. 實事求是(실사구시)

조선 후기의 대표적인 학자 중 하나인 연암 박지원에 대해서는 모두 한 번 이상 들어보셨으리라 생각합니다. 박지원이 살았던 조선은 두 번의 큰 전쟁으로 거의 모든 토지가 황폐화되었습니다. 거기에 농사를 지을 수 있는 젊은 남성들은 전쟁통에 전사하여 그 수가 현저히 줄어들었습니다. 오히려 전쟁에 나가지 않았던 양반들은 상대적으로 숫자를 유지하고 있었습니다. 양반들이 농사를 짓지 않으니 생산 가능 인구는 줄었는데, 먹으려 하는 사람들은 늘 여전한 숫자였습니다. 그러니 곡식의 산출이 예상만큼 되지 않아 백성들은 굶주렸습니다. 당연히 국가의 기반은 점점 약해져만 갔습니다. 그럼에도 당시 지식인들은 공리공론만을 내세우며 철학적인 논쟁에만 집중하였습니다. 실제가 아닌 이상과 자신들의 존재 이유만 대변하고 있었습니다. 더구나 명나라가 청나라에 멸망하자, 조선이 명나라를 대신하여 중화를 이어 받은 문명 국가임을 내세우는 한편 오랑캐 청나라와 적대적 관계를 유지하려고만 하고 있었습니다.

유가의 본질을 잃던 당시 지배 세력의 생각에 반대하는 이들이 등장하였습니다. 박지원을 비롯한 실학자들이었습니다. 그들은 당시의 상황을 비판하고 먹고 사는 데에 필요한 학문과 정책을 펼쳐야 한다고 주장합니다. 실사구시란 바로 그것입니다. 실은 열매라고 알려져 있지만 “실제”, “존재”라는 의미이고, 사는 일하다 일삼다, 구는 찾다, 구하다이며, 시는 옳다, 이것이라는 의미입니다. 그래서 실사구시란 실사에서 구시를 한다는 것으로, 실질적인 일에서 옳음을 구한다는 의미입니다. 곧 허황되거나 눈에 보이지는 않은 것이 아닌 우리가 눈으로 보고 실질적으로 발견하거나 행동할 수 있는 일에서 참된 가치를 찾아야 한다는 의미입니다. 이 말은 원래 우리나라에서 처음 나온 것이 아니라 중국 ≪한서≫에서 그 유래를 찾을 수 있습니다. 그런 그들에게 당시의 세상은 너무나 잘못된 세상이었습니다. 박지원은 당시를 다음과 같이 기록하고 있습니다.

> 세폐사(歲幣使 동지사)가 북경에 들어갔을 때 오(吳) 지방 출신 인사와 이야기하게 되었는데, 그 사람이 말하기를, "우리 고장에 머리 깎는 점방이 있는데 '성세낙사(盛世樂事 태평성세의 즐거운 일)'라고 편액을 써 걸었소." 하므로, 서로 보며 크게 웃다가 이윽고 눈물이 주르르 흐르려고 했다는 것이었다.
>
> 나는 그 말을 듣고서 슬퍼하며, 이렇게 말하였다.
>
> "습관이 오래되면 본성이 되는 법이다. 세속에서 습관이 되었으니 어찌 변화시킬 수 있겠는가. 우리나라 부인들의 의복이 이 일과 매우 비슷하다. 옛 제도에는 띠가 있으며 모두

소매가 넓고 치마 길이가 길었는데, 고려 말에 이르러 원(元)나라 공주에게 장가든 왕이 많아지면서 궁중의 수식(首飾)이나 복색이 모두 몽골의 오랑캐 제도가 되었다. 그러자 사대부들이 다투어 궁중의 양식을 숭모하여 마침내 풍속이 되어 버려, 3, 4백 년 된 지금까지도 그 제도가 변하지 않고 있다.

저고리 길이는 겨우 어깨를 덮을 정도이고 소매는 동여놓은 듯이 좁아 경망스럽고 단정치 못한 것이 너무도 한심스러운데, 여러 고을 기생들의 옷은 도리어 고아(古雅)한 제도를 간직하여 비녀를 꽂아 쪽을 찌고 원삼(圓衫)에 선을 둘렀다. 지금 그 옷의 넓은 소매가 여유 있고 긴 띠가 죽 드리워진 것을 보면 유달리 멋져 만족스럽다. 그런데 지금 비록 예(禮)를 아는 집안이 있어서 그 경망스러운 습관을 고쳐 옛 제도를 회복하고자 하더라도, 세속의 습관이 오래되어 넓은 소매와 긴 띠를 기생의 의복과 흡사하다고 여기니, 그렇다면 그 옷을 찢어 버리고 제 남편을 꾸짖지 않을 여자가 있겠는가."

이군 홍재(李君弘載)는 약관 시절부터 나에게 배웠으나 장성해서는 한역(漢譯 중국어 통역)을 익혔으니, 그 집안이 대대로 역관인 때문이었다. 그래서 나는 그에게 다시 문학을 권면하지 않았었다. 이군이 한역을 익히고 나서 관복을 갖추고 본원(本院 사역원(司譯院))에 출사(出仕)하였으므로, 나 역시 속으로 '이군이 전에 글을 읽을 적에 자못 총명하여 문장의 도를 알았는데 지금은 거의 다 잊어버렸을 터이니, 재능이 사라지고 말 것이 한탄스럽다.'고 생각하였다.

하루는 이군이 자기가 지은 글들이라고 말하면서 '자소집(自笑集)'이라고 이름을 붙이고는 나에게 보여 주었는데, 논(論), 변(辨) 및 서(序), 기(記), 서(書), 설(說) 등 100여 편이 모두 해박한 내용에다 웅변을 토하고 있어 특색 있는 저작을 이루고 있었다. 내가 처음에 의아해하며, "자신의 본업을 버리고 이런 쓸데없는 일에 종사한 것은 무엇 때문인가?" 하고 물었더니, 이군은 사과하기를, "이것이 바로 본업이며 과연 쓸데가 있습니다. 대개 사대(事大)와 교린(交隣)의 외교에 있어서는 글을 잘 짓고 장고(掌故)에 익숙한 것보다 더 중요한 일이 없습니다. 그래서 본원의 관리들이 밤낮으로 익히는 것은 모두 옛날의 문장이며, 글제를 주고 재주를 시험하는 것도 다 이것에서 취합니다."

하였다. 나는 이에 낯빛을 고치고 탄식하면서 이렇게 말했다. "사대부가 태어나 어렸을 적에는 제법 글을 읽지만, 자라서는 공령(功令 과거 시험 문장)을 배워 화려하게 꾸미는 변려체(騈儷體)의 문장을 익숙하게 짓는다. 과거에 합격하고 나면 이를 변모(弁髦)나 전제(筌蹄)처럼 여기고, 합격하지 못하면 머리가 허옇게 되도록 거기에 매달린다. 그러니 어찌 다시 이른 바 옛날의 문장이 있다는 것을 알겠는가." 역관의 직업은 사대부들이 얕잡아 보는 바이다. 그러나 나는, 오랜 세월이 흐르는 사이에 책을 저술하여 후세에 훌륭한 글을 남기는 참된 학문을 도리어 서리들의 하찮은 기예로 간주하게 될까 두렵다. 그렇게 되면 연희 마당의 오모나 고을 기생들의 긴 치마처럼 여기지 않을 자가 거의 드물 것이다. 나는 그렇기 때문에 이 점을 두려워하여 이 문집에 대해 특별히 쓰고 나서, 다음과 같이 서문을 붙인다.

아아, "예가 상실되면 재야에서 구한다."고 하였다. 중국 고유의 예로부터 전해 온 제도를 보려면 마땅히 배우들에게서 찾아야 할 것이요, 부인 옷의 고아(古雅)함을 찾으려면 마땅히 고을 기생들에게서 보아야 할 것이다. 문장의 융성함을 알고 싶다면 나는 실로 미천한 관리인 역관들에게 부끄러울 지경이다.

세상 사람들은 진실된 것이 무엇인지 쉽게 잊고 삽니다. 우리네 현실도 그렇습니다. 무엇 때문에 그것이 필요했던 것이며 초기에는 어떤 것이었는지 잊습니다. 그리고 나름대로 풀이하고 나름대로 바꾸며 그것이 진실이라고 주장하거나 지켜야 할 것이라고 말합니다.

분명히 말씀드리지만 예는 자신의 최선의 마음을 형편과 사정에 따라 표현하는 것입니다. 진실된 마음이 우선일 뿐 겉을 둘러싼 포장은 그저 포장일 뿐입니다. 하지만 우리는 약한 존재이며, 눈과 귀와 입은 화려하고 듣기 좋은, 맛있는 것에 현혹됩니다. 누군들 쉽게 유혹받지 않겠습니까?

그래서 우리는 끊임없이 자신을 돌아보는 것이 필요합니다. 내 행동의 책임은 나여야 합니다. 더구나 무엇인가를 책임져야 한다면 그 행동과 말의 책임은 더욱 무겁고 엄중합니다.

좋은 리더란 자신을 잘 절제할 줄 알고 반성하며 나보다는 함께 하는 사람들을 배려하는 것이라고 하지만, 이렇게 말하고 나니 참 피상적입니다. 때로는 하지 않아야 될 것을 이야기하면 오히려 이해가 쉬울 때도 있습니다. 다시 말해, 나쁜 리더, 만나지 말아야 할 리더입니다. 이런 비슷한 얘기는 인터넷을 찾아보면 참 많습니다. 사회의 구성원으로 책임이 없는 존재는 단 한 명도 없습니다. 다만, 그 책임의 범위와 무게가 다를 뿐입니다. 가족의 책임을 져야 하는 부모의 책임도 크지만, 사회를 책임져야 하는 공무원과 회사를 대표하는, 학교를 대표하는 모든 이들의 책임이 더 커야 합니다. 자신을 위해 결정해서는 안됩니다. 모두를 위한 일인지 늘 고민해야 합니다. 나만 사람이 아니라 함께 하는 사람들도 사람임을 인정해야 합니다. 그들도 가족이 있고, 지켜야 할 자존이 있습니다. 많은 리더들은 그것을 잊습니다. 한 번 내 사람이 되면 상하의 관계라고 생각합니다. 그래서 처음에는 그렇지 않다가도 조금만 지나면 인간임을, 존중해야 할 대상임을 잊습니다. 누구도 그럴 권리는 없습니다. 누구도 그런 권한을 주지 않았습니다. 그러니 지위가 높은 사람이 될수록 자신을 끊임없이 반성하고 성찰하며 자신의 어깨 위에 얼마나 많은 것들이 얹혀져 있는지 생각해야 합니다. 그래야 그럴 자격이 있습니다. 자격이 없다면 자신에게 적절한 자리를 찾아가야 합니다. 그것이 모두가 바라는 세상입니다.

책임질 줄 아는 어른, 우리는 그런 어른인지 한 번 더 생각해 보았으면 합니다.

제5장

德(덕)

1. 덕의 자원과 의미

이번 강에서는 德(덕)에 대해 말하고자 합니다. 덕이라는 한자는 설명하기는 쉽지만 풀이하기는 참 어렵습니다. 모양으로만 보면 길 척(彳)과 곧을 직(直)이 합쳐진 것으로, '한 눈 팔지 않고 길을 똑바로 잘 가다'라는 것이 본 뜻입니다. 한자 발전 과정 중 마음 심(心)이 덧붙여진 것은 도덕심을 강조하였기 때문입니다. 다시 말해 '마음을 다해 한눈팔지 말고 자신이 가야 할 길을 똑바로 가다'라는 의미입니다. 큰 덕이라는 훈이 널리 알려져 있지만 낱말 차원에서는 '크다'는 뜻으로 쓰인 예가 없고 '베풀다'라는 의미로 많이 사용됩니다.

그런데 참 어려운 것은 덕이라는 글자의 자원이나 의미가 아니라 실제적인 의미입니다.

德의 자형 변화

德(덕)이라는 글자는 동양 사회, 특히 우리 사회에서 여러 의미와 어휘에서 사용됩니다. 德談(덕담)에서 談은 이야기, 말이라는 뜻으로, 우리가 명절 때 혹은 어른을 만나거나 친구 사이에서도 격려나 칭찬, 미래에 대한 좋은 이야기를 할 때 사용하는 단어입니다. 이러한 덕담은 그저 쉽게 흘러가는 말이 아닙니다. 상대를 진정으로 애정하고 아끼는 마음에서 진솔하게 나오는 말이어야 합니다. 그것은 德性(덕성)에서 나옵니다. 곧 말하는 이의 마음이 덕으로 가득 차 있을 때 가능합니다. 자신도 그런 덕을 갖추지 못하면서 입에만 도는 말을 할 때는 그것은 허언에 지나지 않습니다. 그러니 말을 하는 우리 스스로가 그런 사람이 될 수 있도록 자신을 돌아봄은 너무나 당연합니다. 그런 사람이 되었을 때 우리는 厚德(후덕)이라는 말을 사용합니다. 요즘에는 이 후덕이라는 말이 조금은 몸집이 큰 사람을 지칭하는 말로 사용되지만, 원래 후덕은 '두텁다 후'와 '덕'이 합쳐진 말로 덕이 많은 사람을 말합니다. 덕이 많다는 것은 그만큼 자기 수양을 통해 쌓은 것이 많다는 의미입니다. 그런 사람들을 만나게 되면 우리는 여러 모로 영향을 받게 됩니다. 그럴 때 우리는 흔히 德澤(덕택)과 德分(덕분)이라는 어휘를 사용합니다. "선생님 덕분에 이번에 일이 잘 되었습니다", "덕택에 이렇게 성장할 수 있었습니다" 가까이 지낸 사람들과 자신을 도와 준 사람들에게 이렇게 인사한다는 것은 그 분의 덕으로 인해 자신에게 영향을 주었음을 인정하는 것입니다. 사람은 혼자 살 수 없습니다. 아무리 뛰어난 재능과 명석한 두뇌를 가지고 있더라도 사람은 늘 함께 살아야 합니다. 그리고 여러 사람들의 도움과 지지, 열정에 의해 나의 삶을 조금은 더 윤택하게 살아가게 됩니다. 그런 사람들을 만나는 것도 어렵지만, 스스로 내 주변의 모든 이들에게 감사하는 마음을 가지는 것 또한 중요합니다. 이는 자신을 스스로 낮추는 겸손입니다. '덕분'과 '덕택'이라는 표현을 즐겨 사용하는 것은 바로 자신을 낮추는 태도에서 나옵니다. 그리고 그런 태도는 진심으로 상대방에 대한 존경과 감사에서 나옵니다. 어려운 일이 있을때, 기쁜 일이 있을 때 자신을 위해 달려와 주는 그 많은 사람들에 대해 진심으로 고마워하는 마음을 가지는 것은 그래서 중요합니다.

특히 위정자, 공무원으로서 公德(공덕)이라고 불리는 것은 자신보다 모든 사람들을 위해 자신을 끊임없이 낮출 때입니다. 중국 근대의 유명한 학자인 양계초는 개인이 갖춰야 할 덕 혹은 도덕성을 공덕(公德)과 사덕(私德)의 두 영역으로 나눴습니다. 그 중 공덕은 공적인 영역에서 발휘되는 도덕성으로서, 사회 안의 존재인 개인이 사회에 대해 바람직한 행위를 가능하게 하는 것입니다. 개인을 넘어 사회 전체에 영향을 미치는 덕을 말합니다. 같은 발음이지만 한자가 다른 功德(공덕)이 있습니다. 이 때 功(공)은 공로나 업적, 사업 등을 말합니다. 앞의 부분은 땅을 다지는 도구이며, 옆에는 힘이 있습니다. 곧 땅을 잘 다지기 위해 힘을 쓰는 것이죠.

功의 자형 변화

농경 사회에서 땅은 무엇보다 중요합니다. 농사를 지으려면 농사를 지을 수 있는 땅이 필요합니다. 그런데 아무 땅이나 농사를 지을 수 있는 것은 아닙니다. 돌을 치우고, 땅을 고르게 하고, 물을 머금게 하고, 주변의 것을 잘 정리해서 햇빛이 잘 들게 해야 합니다. 그 뿐만이 아닙니다. 성벽을 쌓을 때도, 둑을 쌓을 때도 땅을 고르게 하는 작업은 필수적입니다. 하지만 참 어려운 일이기는 합니다. 어느 땅속에 얼마나 어려운 일이 기다리고 있을지는 아무도 알지 못합니다. 그래서 이 글자는 힘쓰다, 노력하다는 뜻이 됩니다. 특히 공적인 일을 위해 노력하는 것이기 때문에 功德은 공적인 일을 통해 이룬 덕을 말합니다. 지금도 지방 곳곳에 남겨진 공덕비는 그곳에서 공무를 보았던 지도자들의 노고를 기리는 것입니다.

이왕 공이 나왔으니 공과 관련된 단어 몇 가지를 보면, 여러분이 잘 알고 있는 형설지공이 있습니다. '반딧불과 눈으로 이룬 공'이라는 뜻이죠. 成功(성공), 功績(공적), 功勞(공로), 功過(공과), 功臣(공신), 武功(무공) 등도 功과 결합된 단어입니다. 혹시 '공든 탑이 무너지랴'라는 속담 다 아시나요? 그걸 한문으로 표현하면, 積功之塔不墮(적공지탑불휴)라고 합니다. 積은 쌓을 적인데, 쌀 화(禾)가 보이시죠. 네, 쌀을 쌓듯이 차곡 차곡 올려놓는 것입니다. 공들여 쌓은 탑이라는 의미입니다. 塔은 흙이나 돌, 벽돌 등을 이용해서 여러 층으로 높고 뾰족하게 쌓은 건축물입니다. 무엇인가를 바라는 종교적 지향이 있습니다. 墮는 떨어지다는 의미를 가질 때는 '타'라고 읽어서 '타락'이라고 하며, 무너뜨리다는 의미를 가질 때는 '휴'라고 읽습니다. 여기서도 '휴'라고 읽었죠. '공들여 쌓은 탑은 무너지지 않는다'로 해석할 수 있습니다. 그런데 이 말은 원래 한문이었을까요? 아니면 우리말 속담이었는데 한문으로 옮긴 걸까요? 네, 원래 우리 속담이었는데 한문으로 번역한 것입니다. 이렇게 한문으로 번역한 것을 漢譯(한역)이라고 합니다. 우리말 속담을 한문으로 번역하는 것은 현재에도 우리말 속담이나 격언을 영어로 번역하는 것과 같은 것입니다. 한문으로 번역하였다고 하여 이것이 사대주

의나 우리말 경시라고 생각하는 것은 도가 지나친 억측입니다. 누누히 말씀드리지만 그 당시의 시대적 상황은 현재와 달랐습니다. 다른 가치관과 세계관을 가지고 있었습니다. 다름에 대한 인정은 겸손과 존중의 시작입니다.

한편 이 외에도 덕이 활용되는 단어는 우리가 잘 알고 있는 道德(도덕), 背恩忘德(배은망덕), 蔭德(음덕), 感之德之(감지덕지), 三從之德(삼종지덕)이 있습니다.

다른 모든 것을 설명하기는 어렵지만 三從之德(상종지덕)은 설명하는 것이 좋겠습니다. 흔히 三從之道(삼종지도)라고도 하는데, 여기서 삼종이란 세 가지를 따른다는 의미입니다. 곧 여자의 몸으로 태어나면 먼저 아버지를 따르고, 결혼을 하면 남편을 따르고, 남편이 없으면 아들을 따른다는 의미입니다. 중국의 ≪예기≫에 나오는 말인데, 이 말은 현실과 맞지 않은 말임에도 여전히 우리 사회에서 가부장적인 사회를 말할 때 자주 사용됩니다. 말씀드렸듯이 현실과는 맞지 않습니다. 그럼에도 불구하고 여전히 이런 이야기를 공공연히 하거나 우리 사회 여성들의 억압을 이야기할 때 사용되는 것은 우리 사회가 여전히 명실상부한 혹은 실사구시한 사회가 아님을 말해줍니다. 이것은 이전의 봉건제 농경사회에서 여성과 남성의 역할이 구분되었을 때, 이들의 역할을 강조하기 위한 것이었습니다. 그것은 당시 사회에서는 필요한 것이었는지도 모릅니다. 그러나 현재 우리 사회에서는 그러한 덕목이 필요치 않습니다. 그렇다고 하여 과거의 모습을 무조건 비판할 수 없습니다. 그 때는 그것이 필요했던 이유가 있었고, 지금은 아니니 과거의 것으로 현재를 재단할 수 없듯, 현재의 것으로 과거를 재단할 수도 없습니다.

세상 모든 것은 상대적인 것이며, 오랜 역사 속에서 그 나름의 가치로 인정되었을 뿐입니다.

덕이라는 글자는 이렇듯 좋은 의미로, 그리고 인간의 성숙함을 나타내는 용어이자 베풂의 의미로 사용되다 보니 昌德宮(창덕궁), 德壽宮(덕수궁)과 같이 궁의 이름이나 궁 안의 건물 이름, 특히 절의 이름에서도 자주 사용됩니다. 혹은 문장에서 누군가를 칭송할 때도 자주 사용되는 것을 흔히 볼 수 있습니다.

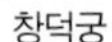
창덕궁

덕수궁

2. 덕과 관련된 옛말들

그럼 옛사람들은 덕에 관련하여 어떤 이야기를 했을까요? 문장 몇 개를 보겠습니다.

種德者, 必養其心. 종덕자, 필양기심

王陽明(왕양명)이라는 사람이 남긴 말입니다. 여기서 種은 씨나 종자 혹은 씨나 종자를 심다라고 풀이됩니다. 그러다 보니 씨를 심어서 키우는 것을 포함하는 의미로 사용되기도 하고, 씨앗의 종류를 말하기도 합니다.

禾(벼 화)자와 重(무거울 중)자가 결합되어 있는데, 重자는 등에 무거운 봇짐을 지고 있는 사람이니, 그 사람이 무겁게 지고 있는 것, 혹은 우리 모두가 중요하게 생각해야 하는 것은 곡식의 원천인 씨앗이라고 생각했습니다. 그런데 씨앗은 한 종류만 있는 것이 아니다 보니 종의 류를 표현하게 됩니다.

種族(종족), 種類(종류), 別種(별종), 各種(각종)이나 흑인종, 백인종, 황인종, 또 우리가 한자어라고 잘 모르는 種種(종종) 등이 있습니다. 어쨌든 여기서는 '덕을 기르고 싶은 사람'이라고 해석됩니다. 그런 사람은 어떻게 해야 할까요? 왕양명은 '필양기심'이라고 합니다. 반드시 자신의 마음을 수양하라고 해석할 수 있습니다. 누누이 말씀드렸듯 동양 사회에서 덕은 수양을 통해서, 인과 예의 실천을 통해서 이루어질 수 있습니다. 또한 그것은 무엇인가를 얻기 위한 선제적 행동이나 말이 아닙니다. ≪명심보감≫에는 이런 말이 있습니다.

施恩勿求報, 與人勿追悔. 시은물구보, 여인물추회

施는 베풀다는 의미로 자주 사용하는 단어 중에 布施(보시), 즉 널리 베풂이라는 단어가 있습니다. 물론 이외에도 펼치다는 의미로 施設(시설), 施工(시공) 등은 우리가 아주 흔히 볼 수 있는 단어입니다. 이런 단어에서는 의미가 좀 변하기는 합니다. 지금까지 우리가 한자로 된 단어들을 많이 봤는데, 한자의 의미가 곧바로 어휘의 풀이에 적용되는 경우도 있지만 그렇지 않을 때도 있었습니다. 학술적으로 이야기하면 이것을 '투명도'라고 표현합니다. 곧 개별적인 한자의 의미가 해당 어휘에서 얼마나 잘 드러나는가라는 표현입니다. 이 투명도가 왜 중요하냐면 한자 교육 찬반 논쟁의 씨앗이기 때문입니다. 찬성 측에서는 한자 교육은 어휘 교육이고, 어휘 교육은 문식력 교육이기 때문에 한자를 알면 어휘력이 좋아지고 이를 통해 문식력이 증가한다는 일종의 논리 때문입니다. 반대 의견은 한자의 투명도가 낮은 어휘들이 많을 뿐 아니라 그 사용 빈도도 높은데, 한자 교육을 위해 투입되는 시간과 노력에 비해 그 효과가 매우 미미한 것이 뻔한데 왜 굳이 한자를 교육하냐는 것입니다. 둘 다 틀린 말은 아닙니다. 그런데 여기서 간과하고 있는 것이 있습니다. 한자 의미의 다양성은 추론의 영역이고 연역과 귀납 등 다양한 방법을 필요로 합니다. 다시 말해, 하나의 어휘를 이해하기 위해서는 단순히 개별 한자의 결합을 따지는 것이 아니라 해당 한자의 다양한 의미 중 가장 적절한 것을 고르고 조합하는 과정에서 유연하고도 다양한 사고력을 증진시킨다는 점입니다.

그러니 몇 개의 한자를 정해 놓고 교육한다거나, 개별 한자 교육이 어휘력과 직접적으로 연관된다는 객관적 증거를 찾는 것보다는, 사고력과 응용력, 추론 능력의 학습 방법이 되는 것이 옳다고 생각됩니다.

다시 돌아와보면, 勿은 '~하지 마라'라는 금지어이고, 求는 구하다, 찾다이며, 報는 보답이니, 이 문장은 은혜를 베풀었으면 보답을 찾지 마라는 의미가 되겠습니다. 은혜를 베풀었다는 것은 어려운 일을 말하는 것이 아닙니다. 타인을 위한 이타적인 것을 말합니다.

그게 말이든 행동이든 무엇이든 간에 이타적인 행동입니다. 그것이 그 사람에게 은혜입니다. 어쨌든 다른 사람의 도움을 받았으니까요. 그런데 이렇게 하고 나면 특히 자신에게 손해가 되면 될수록, 그게 클수록 상대방에게 무엇인가 보답을 바라게 되는 게 인지상정입니다. 보답을 바라는 것은 곧 서운함의 시작이며, 서운함은 미움의 시작이 됩니다. 아시겠으나 서운함은 기대가 있기 때문입니다. 처음부터 기대하지 않으면 서운함은 없습니다. 또 다시 말합니다. 與人(여인) 여기서 與는 주다라는 의미입니다. 상장을 수여한다고 할 때의 여의 의미입니다. 追는 쫓음이고 悔는 뉘우치다, 스스로 꾸짖다라는 의미로 追悔는 뉘우침을 쫓다가 됩니다. 뉘우침을 쫓다라는 것은 내가 왜 그렇지라고 자신의 잘못이라고 생각하는 것을 계속 한다는 의미이니, 곧 꼬리에 꼬리를 물고 다른 사람에게 준 것을 후회하고 있다는 의미입니다. 이미 주었으면 잊어야 합니다. 이미 내 것이 아닙니다. 마음을 주었든 물질적인 것을 주었든 그 당시에 내가 마음의 소리를 따른 것입니다. 때로 상대방이 내가 원하는 대로 하지 않는다하여 후회할 필요는 없습니다.

우리는 살면서 참 많은 사람들을 만나고 함께 살아갑니다. 어떤 이들은 나를 서운하게 하기도 하고 상처를 주기도 합니다. 그러지 않았어야지, 괜히 그랬어라고 후회하기도 합니다. 그래서 마음을 닫고 사람들을 믿지 않으려 합니다. 이 문장은 그러지 말라는 것입니다. 내가 만난 소수의 사람들로 인해 내가 마음을 닫고 후회하고 있으면, 내가 만난 혹은 만날 다수의 사람들에게 나는 더 이상 내가 아닌 모습으로 대하게 됩니다.

그래서 이런 말도 있습니다.

> 積善之家, 必有餘慶, 不積善之家, 必有餘殃.
>
> 적덕지가, 필유여경, 불적선지가, 필유여앙

지금까지 한문을 보면서 말씀드리지 않은 것 중 하나는 한문은 글쓰기에서 1:1을 좋아한다는 것입니다. 1:1이란 서로 대응하는 것을 말합니다. 이를 대구라고도 하는데, 여기서 對는 마주보는 것입니다. 그래서 대각선은 마주 보는 각을 잇는 선이고, 대인은 사람을 마주보는 것입니다. 한문 문장은 이러한 1:1을 참 자주 사용합니다. 위의 문장에서도 적선지가는 불적선지가와 대응되고, 필요여경은 필요여앙과 마주 봅니다. 서로 같은 문장 형식을 사용하지만 한자가 달라져 의미가 달라집니다.

이 문장도 ≪明心寶鑑≫에서 발췌한 것입니다.

積善에서 積은 이미 말씀드렸듯이 쌓다이니 선을 쌓다 곧 선을 많이 행하여 덕을 쌓아올린 것입니다. 그런 집이죠. 반대로 부정사不을 넣었으니 선을 쌓지 않은 집입니다. 악한 집이 아닙니다. 선한 행위를 하지 않은 집입니다.

必은 반드시이고, 餘慶에서 餘는 남다, 넉넉한, 충분한 등의 의미가 있습니다. 慶은 경사와 복을 의미하니, 넉넉한 복이 있다가 되겠습니다. 반면에 殃은 慶의 반대이니, 나쁜 일, 곧 뜻하지 않게 생기는 안 좋은 일이 여러 번 있는 것이 됩니다.

이를 어떻게 받아들여야 할까요? 좋은 일을 많이 하면 하늘이 알아서 복을 내려주고, 착하게 살지 않으면 하늘에서 나쁜 일이 생기도록 한다고 봐야 할까요?

저는 좀 다르게 보고 싶습니다.

우리가 세상을 살아가다 보면 어떻게 좋은 일만 생기겠습니까? 뜻하지 않게 기쁜 일이 생기기도 하지만, 뜻하게 않게 슬프고 어려운 일도 생기는 게 인생이라는 것은 경험해 봐서 다 아는 일입니다. 선하게 살다보면 그러한 어려운 일도 쉽게 풀리고 다시 좋아지게 됩니다. 나를 도와주는 많은 이들이 있기 때문입니다. 덕을 베풀고 사는 것이 왜 중요한지는 삶 곳곳의 질곡에서 확인할 수 있습니다. 반면 세상을 각박하게 산 사람은 어떨까요? 누구도 선뜻 나서서 돕지 않습니다. 그 어려움은 계속되고 빠져나오기 쉽지 않습니다.

제가 생각하는 이 문장의 뜻은 누구를 대하든 선하게 곧 베풀며, 덕을 쌓으며 살라는 것입니다. 그럼 이 세상 어디에서든 누군가가 당신을 알고 당신을 이해하며 당신과 함께 하려 할 것입니다.

덕을 쌓는 방법에 대해서는 다음과 같이 말합니다.

耳不聞人之非, 目不視人之短, 口不言人之過, 庶幾君子.
이불문인지비, 목불시인지단, 구불언인지과, 서기군자

마지막의 庶幾君子(서기군자)란 거의 군자에 가깝다는 의미입니다. 알고 계시듯 군자란 동양 사회에서 인과 의를 실천하고 도덕적인 품성을 지닌 인격체를 말합니다. 그러니 사회의 누구로부터도 존경받는 존재입니다. 어떻게 하면 군자라고 할 수 있을까요?

세 가지 조건을 말합니다.

耳不聞人之非,
目不視人之短,
口不言人之過.

세 가지란 귀와 눈과 입과 연결됩니다. 이렇게 나열하고 보니 앞에서 제가 한문은 1:1을 좋아한다는 것이 어떤 것인지 쉽게 보이시죠.

하나씩 해석해 보면,

> 귀로는 다른 사람의 잘못됨을 들으려 말고,
> 눈으로는 다른 사람의 단점을 찾으려 말고,
> 입으로는 다른 사람의 잘못을 말하지 마라.

쉬운 듯하지만 참 어렵습니다. 어려운 이유가 뭘까요? 하지 않으면 되는 건데요, 그리고 그렇게 어려워 보이지 않는데 말입니다. 이 세 가지가 어려운 것은 자신이 항상 남보다 우위에 있어야 하기 때문입니다. 잘 생각해보면 그렇습니다. 왜 자꾸 남의 잘못된 점을 발견하고 알려고 할까요? 심지어는 눈에 크게 보이지 않는데도 말입니다. 또 왜 다른 사람들에게 이야기를 전하게 될까요? 다른 사람을 낮춤으로써 자신이 비교 우위에 있음을 보여주고 싶은 것입니다.

대학에는 이런 말이 있습니다. '한 사람을 교수로 만드는 것은 어렵지만, 한 사람이 교수가 되지 않게 하는 것은 쉽다.' 그렇습니다. 사람들은 어떤 사람의 장점을 발견하고 장점 속에서 그 가치를 극대화하여 함께 더불어 살아야 한다는 것을 머리 속으로 너무나 잘 압니다. 하지만 실제 사회에서는 어떻게든 상대방에게 흠집을 내어 나보다 못한 사람으로 만들고자 합니다. 그래야 자신이 돋보인다고 본능적으로 그렇게 행동합니다.

비교할 수 있습니다. 사람이니 비교할 수 있지요. 아니 사실 세상 모든 것들은 비교가 됩니다. 크고 작고, 무겁고 가볍고, 빠르고 느리고, 모두 비교입니다. 문제는 비교에 가치를 부여하는 태도입니다. 옳다와 그르다, 좋다와 나쁘다라는 가치가 부여된 순간 문제가 됩니다. 그러니 비교는 하되 가치는 부여하지 마십시오. 무엇이 좋고 무엇이 나쁩니까, 그 모든 것들은 자신의 가치로움을 품고 있습니다.

유명한 달라이라마도 이런 말을 합니다.

> 남을 돕는다고 하면
> 보통 자신을 희생해야 한다고
> 생각하지만, 그렇지 않다.
> 남을 도울 때
> 가장 덕을 보는 것은
> 자기 자신이고,
> 최고의 행복을 얻는 것도
> 자기 자신이다.
> 그러므로 행복한 삶으로 가는

최선의 길은 남을 돕는 것이다.

이것이 진정한 지혜다.

덕이란 남을 위함이 아니라 곧 자신을 위함도 함께하는 것이다.

聞一善言, 見一善行, 行之唯恐不及. 문일선언, 견일선행, 행지유공불급.

聞一惡言, 見一惡行, 遠之唯恐不速. 문일악언, 견일악행, 원지유공불속.

문일선언, 견일선행이라고 하였으니, 하나의 좋은 말, 하나의 좋은 행동을 듣고 본 것입니다. 반대라면 하나의 나쁜 말이나 하나의 나쁜 행동이겠지요.

살다보면 이런 일은 쉽게 부딪칩니다. 나를 기분 좋게 하고 격려해주는, 그리고 신이 나서 행복하게 만드는 말은 우리 주변에서도 쉽게 찾을 수 있습니다. 선한 행동도 마찬가지입니다. 굳이 방송사 뉴스의 미담을 보지 않더라도 우리 주변에서 다른 사람을 위해 열심히 행동해 주시는 많은 분들이 있습니다. 반대인 경우도 많습니다. 힘들고 어렵게 하거나 상대방을 지치거나 위협하고 무시하는 수 많은 말들이나 사건과 사고를 통해 다양한 악인들과 악행들을 접하게 됩니다. 그럴 때 어떻게 해야 할까요?

行之唯恐不及 행지유공불급

해석하면 行(행)은 행동하다이고 之(지)는 대명사이므로, 그 좋은 말과 좋은 행동을 행하되, 唯(유) 오직 恐不及(공불급) 이르지 못할까 두려워해라, 걱정하라입니다. 네, 어떻게 하면 나도 그런 말과 그런 행동을 할 수 있을까 고민하고 실천하면서도 자신이 그렇게 할 수 있을지를 걱정하다 보면, 어느새 자신의 말과 행동도 그와 비슷한 단계에서 이름을 확인할 수 있습니다. 사람은 처음이 어렵지 반복하다 보면 조금씩 나도 모르게 변화하게 되니까요. 낯설었던 모든 것은 익숙해져 가고 편안해집니다.

악한 말과 악한 행동을 듣고 보게 되면 어떻게 해야 할까요?

遠之唯恐不速. 원지유공불속.

遠(원)은 멀다라는 뜻이나 해석은 멀리하다로 하겠습니다. 그것을 멀리하되 오직 不速(속) 빨리 하지 못할까를 걱정해라입니다. 다시 말하면 가능한 빨리 그 말과 행동에서 벗어나라는 것입니다. 잊는 것도 벗어나는 것이고, 그 자리를 떠나는 것도 벗어나는 것입니다. 아예 보거나 듣지 않는 것도 방법이지요. 그 또한 쉽지 않습니다. 그러니 최선을 다해 그러지 않으려고 노력해야 합니다. 욕을 하는 것은 습관입니다. 다른 사람을 비방하는 것도 습관입니다. 내가 하기 싫은 일을 다른 사람에게 지시하는 것도 습관입니다. 습관을 조금 고치면 조금씩 나아질 수 있습니다.

여러분께서 잘 알고 계시는 삼국지의 유비도 죽기 전에 자신의 아들에게 이렇게 유언을 남깁니다.

> 漢昭烈, 將終, 勅後主曰 : "勿以善小而不爲, 勿以惡小而爲之."
> 한소렬, 장종, 칙후주왈, 물이선소이불위, 물이악소이위지.

漢昭烈은 한나라 소렬로 즉 한나라의 유비입니다.

將終(장종)에서 將은 장군이라는 의미가 아니라 장차라는 미래를 나타냅니다. 將來(장래), 將次(장차) 등이 그런 예입니다. 물론 장군이나 인솔자란 의미도 자주 사용되죠. 여러분이 알고 있는 장군, 별장, 부장, 상장군, 대장, 내금장 등은 모두 그런 뜻입니다. 사극에서도 이 글자가 쓰여 있는 깃발을 자주 볼 수 있습니다.

終(종)은 끝이란 의미로, 인생의 끝, 죽음을 의미합니다. 그러나 죽음 이외에도 처음과 끝을 나타내는 시종이나 하루 종일의 종일, 처음부터 끝에 이르기까지의 自初至終(자초지종) 등 많은 어휘에서 활용됩니다.

將終(장종)이란 장차 죽음에 이르게 됨이니 죽음을 앞에 두고, 혹은 임종에라는 의미이겠죠.

勅(칙)이란 왕이나 임금이 내리는 명령을 말합니다. 흔히 칙령이라 합니다. 사극 드라마나 영화에서 보면 흰 종이에 가장 먼저 勅이라고 쓰여 있는 것을 쉽게 발견할 수 있습니다.

後主(후주)란 다음 주인이니, 곧 다음 임금을 말합니다. 유선이죠.

勅後主(칙후주)는 다음 임금에게 칙령을 내렸다입니다.

曰(왈)은 말하다라고 알고 계시는데, 한문 문장에서는 직접 인용문임을 알려주는 표지이기도 합니다. 그래서 왈 후에는 직접 인용문이라고 기억하시면 됩니다. 이렇게 말합니다.

> 勿以善小而不爲, 물이선소이불위
> 勿以惡小而爲之. 물이악소이위지

勿은 앞에서 보셨듯 '~하지 마라'는 금지형입니다. 以(이)는 '~로 여기다', '~이기에' 용법으로 '써 이'라고 이야기하는 글자입니다. 뒤의 善小를 받습니다. 그러니까, '선이 작다고 여겨서'라고 해석할 수 있습니다. 而(이)는 접속사로 여러 기능을 하는데요. 영어로 이야기하면 and, or, then 세 가지 모두 가능합니다. 그러니까 앞의 것과 연결시켜서 선이 작다고 하여 不爲(불위), 행하지 않다가 됩니다. 그럼 앞의 '~하지 말라'까지 붙여서 해석하면, 선이 작다고 하여 행하지 않음은 안된다. 곧 이중 부정을 해서 '아무리 작은 선이라도 행하라'는 의미가 됩니다. 반대로 아래 문장은 '악이 작다고 하여 그것을 행하여서는 안된다'가 됩니다.

우리는 이러한 경우 또한 흔한 일입니다. '이것까지 해야 해, 이 정도 쯤이야'라는 마음가짐은 누구나 가지고 있고 그런 경험도 있습니다. 문제는 한 번, 두 번 하였던 쉽고 가벼운 것들은 점점 익숙해져 가고 더 많이 하게 된다는 것입니다.

인간은 언제나 나약한 존재일 뿐 아니라 쉽게 적응하고 쉽게 합리화를 하는 존재이니 말입니다.

3. 덕의 의미

덕을 쌓는다는 것은 무엇을 이르는 걸까요? 덕이 있는 사람과 덕이 없는 사람의 차이는 무엇일까요? 덕을 쌓기 위해서는 어떤 마음의 자세와 행동이 필요한 것일까요? 이와 관련해서 조선 후기의 학자였던 명곡 최석정(1646~1715)은 "示兒四德箴(자식에게 이르는 네가지 덕에 관한 잠)이라는 것을 남깁니다.

> 謙者德之基. 勤者事之幹. 詳者政之要. 靜者心之體.
>
> 君子執謙, 足以崇德. 克勤足以廣業. 詳愼足以立政. 定靜足以存心.
>
> 君子行此四德. 然後可以持己而應物.

풀이하면, "겸손함은 덕의 기초이고, 부지런함은 모든 일의 근본이고, 세밀함은 다스림의 요체이고, 고요함은 마음의 본체이다"와 같습니다. 최석정은 자식에게 겸손함과 부지런함, 세밀함과 고요함을 갖추고 이를 통해 덕과 행위와 정사와 마음을 바로잡을 수 있다고 말합니다.

덕을 쌓기 위해서는 자신을 낮출 수 있는 겸손함이 필요하고, 어떤 일을 하든 무엇보다 성실하고 부지런한 것이 가장 기초가 되며, 백성을 다스리는 위치에 있을 때는 혹여나 잘못 판단하지나 않을지, 미처 챙기지 못하는 것은 없는지 꼼꼼하고 자세히 백성을 살펴야 하고, 마음에 늘 평화와 안정을 추구하여 어떤 일에도 흔들림이 없어야 한다는 것입니다.

덕이라는 것은 자신을 낮추고 성실하며 부지런할 뿐 아니라, 자신을 낮추는 겸손함이 우선이라는 의미입니다. 지금까지 우리가 보았던 인과 예, 그리고 자신을 끊임없이 성찰하며, 다른 사람을 대하는 태도의 모든 것이 결국 덕인 셈입니다. 그런 면에서 볼 때 오늘 우리는 자식을 위해 어떤 말을 남겨줄 수 있을까요?

덕을 쌓기 위해 갖추어야 할 마음의 자세와 행동을 말하고 있을까요?

출세하기 위해, 많은 경제적 부를 축적하기 위해, 자신의 과시를 위해 무엇을 해야 한다고 강요하고 있지는 않을까요?

의대에 가서 의사가 되어야 하는 것은 사람들의 목숨을 연장시키고, 병을 고쳐 아픔으로부터 벗어나게 하는 것이 원칙이어야 합니다. 판사와 검사는 올바른 판단과 조사를 위해 공정함을 통해 사회가 정의로워질 수 있도록 해야 합니다. 선생이 된다는 것은 이 사회에서 바르게 살아갈 수 있는 사람들을 길러내는 것이어야 합니다.

그런데 우리 사회는 현재 어떤 길로 나아가고 있을까에 대해서 우리 모두 고민해 봐야 하지 않을까요?

최석정의 이야기는, 자식을 참으로 사랑하는 한 부모의 이야기는 우리가 앞으로 살아야 할 부모의 입장을 말해주고 있습니다.

제6장

和(화)

1. 인화

≪맹자≫에는 인화에 관해 다음과 같은 이야기가 있습니다.

하늘이 정해준 때는 지리적 이로움만 못하고, 지리적 이로움은 인화만 못하다.

내성의 둘레가 3리이고 외성의 둘레가 7리인 작은 성을 포위하여 공격해도 이기지 못하는 경우가 있다. 포위하여 공격할 때는 반드시 하늘이 정해준 때를 얻었기 때문이겠으나 그런데도 이기지 못하는 것은 하늘이 정해준 때라도 지리적인 이점만 못해서이다.

성이 높지 않은 것도 아니고, 해자가 깊지 않은 것도 아니며, 병기와 갑옷이 견고하고 예리하지 않은 것도 아니며, 쌀과 곡식이 많지 않은 것도 아닌데, 이것을 버리고 그곳을 떠나는 경우가 있으니 이는 지리적 이로움이라도 인화만 못해서이다.

그러므로 옛 말에 '백성을 한정하되 국경의 경계로 하지 않으며, 국가를 견고히 하되 산과 강의 험준함으로써 하지 않으며, 천하를 두렵게 하되 병기와 갑옷 등의 예리함으로서 하지 않는다'하였다.

도를 얻은 자는 도와주는 이가 많고 도를 잃은 자는 도와주는 이가 적다. 도와주는 이가 적임이 극에 달하면 친척마저도 배반하게 되며, 도와주는 이가 많음이 극에 달하면 천하 사람들이 모두 그를 따른다.

천하의 모든 사람들이 따르는 힘으로 친척마저 배반하는 나라를 공격할 수 있다.

군자는 싸우지 않을 뿐 싸우면 반드시 이긴다.

孟子曰: "天時不如地利, 地利不如人和, 三里之城, 七里之郭, 環而攻之而不勝, 夫環而攻之, 必有得天時者矣. 然而不勝者, 是天時不如地利也. 城非不高也, 池非不深也, 兵革, 非不堅利也, 米粟, 非不多也, 委而去之, 是地利不如人和也, 故, 曰域民, 不以封疆之界, 固國, 不以山谿之險, 威天下, 不以兵革之利, 得道者, 多助, 失道者, 寡助, 寡助之至, 親戚畔之, 多助之至, 天下順之, 以天下之所順, 攻親戚之所畔. 故, 君子有不戰, 戰必勝矣. ≪孟子≫

그럼 이런 이야기는 어떨까요?

우리가 잘 알고 있는 명량대첩은 12척의 배로 왜군 133척을 이겨낸 역사적 사건입니다. 미드웨이 해전은 미군 항모 3척과 지원함

50척으로 일본군 항모 4척과 지원함 150척을 이겨낸 사건이죠. 한편, 청산리 전투는 어떤가요? 반대의 경우도 있습니다. 아무리 군인이 많고 압도적인 신기술과 무기를 가졌더라도 패배하는 경우를 우리는 역사 속에서 쉽게 찾아볼 수 있습니다.

그 원인은 세상 모든 것들은 사람이 하기 때문입니다. 사람은 사람과의 관계를 통해 조직을 만들고, 조직은 점점 더 큰 조직이 됩니다. 한 조직이 하나의 사람처럼 뭉칠 때 우리는 이를 '인화'라고 합니다. 인화롭지 못한 조직은 분열됩니다. 서로가 서로의 이익만을 추구하면서 대립하게 됩니다.

아무리 좋은 때를 만났어도, 아무리 좋은 머리와 기술을 가지고 있더라도, 조직원들 사이의 분열과 대립은 결코 좋은 조직을 만들어 내지 못한다는 것을 우리는 경험을 통해 잘 알고 있습니다.

무엇보다 和(화)는 관계의 부드러움과 더함을 말하고 이것은 우리 사회가 함께 지향해야 할 바입니다.

和(화)는 저절로 생겨나지 않습니다. 서로에 대한 존중과 배려를 충분히 느낄 때 가능합니다.

2. 和(화) 이야기

和자는 禾(벼 화)자와 口(입 구)자가 결합한 모습입니다. 禾자가 '벼'를 그린 것이기 때문에 여기에 口자가 더해진 和자는 음식을 같이 먹는 식구 간의 다정함 등으로 해석하였으나, 갑골문이 발견된 후 이는 잘못된 해석이라는 인식이 생겼습니다. 갑골문에서는 龠(피리 약)자가 들어간 龢(화할 화)자가 모양이었기 때문입니다. 굳이 풀이하자면 피리의 소리, 다시 말해 음악 소리의 조화로움을 뜻한다고 할 수 있습니다. 하지만 금문에서부터는 소리의 조화를 口자가 대신하게 되면서 지금의 和라는 모양으로 굳어집니다.

이렇다 보니 화에는 참 여러 뜻이 있습니다. 화는 상대방과의 관계라는 점에 집중해서 그 의미를 확장시켜야 합니다. 곧 화목하다는 것도 누군가와 함께 하는 것이고 온화한 것도 상대방에게 온화하고 순하거나 응하는 것이 됩니다. 화답하는 것이니 허락하다는 뜻과 동일한 의미도 해당될 수 있고, 본래의 의미인 악기가 될 수 있고, 악기의 종류 중 하나인 방울이 될 수도 있습니다.

和의 자형 변화

그 중에서 가장 특별한 쓰임이 바로 일본을 나타낼 때 사용한다는 점입니다. 和食(화식)은 일본 음식이란 의미이고, 和菓子(화과자)는 일본 과자입니다. 元和(겐나), 明和(메이와), 昭和(쇼와), 令和(레이와) 등 다양한 곳에 사용됩니다. 그래서 '화'는 일본을 대표하는 상징과도 같은 글자라고 말하는 사람들도 있습니다.

어쨌든 '화'라는 글자가 사용된 예는 이루 말할 수 없을 정도로 많습니다. 和解(화해), 和合(화합), 和順(화순), 和氣(화기), 和音(화음), 平

和(평화), 調和(조화), 緩和(완화), 中和(중화), 附和雷同(부화뇌동), 講和(강화) 등 몇 가지만 예를 들어도 금방 얼마나 화가 많이 사용되는지 아실 수 있으리라 생각합니다.

그 중에 혹시 '和蘭(화란)'이라는 것을 들어보신 적이 있으신가요? 화란은 네덜란드를 표기한 한자식 표현입니다. 그런데 이는 흔히 아는 중국어를 통한 음차 표기도 아니며, 네덜란드라는 명칭을 음역한 것도 아닙니다. 일본에서 Holland를 '오란다'로 표기했고, 오란다의 대응 한자가 和蘭입니다. 다시 말하면, 네덜란드가 아닌 홀란드를 일본식으로 '오란다'로 읽고, 일본음에 대응하는 한자로 '화란'을 쓴 것입니다.

이왕 얘기가 나왔으니 국명의 한자 표기를 말씀드려 볼까요. 國이 붙은 것은 나라이니 사실 앞에 붙는 단어가 중요하고 이 단어들은 대부분 음차된, 다시 말해 유사한 발음을 가진 한자를 골라서 조합한 것입니다.

英國(영국)에서 英은 중국어로 '잉'이며, 이는 잉글랜드의 첫 번째 음을 뜻합니다. 德國(덕국)에서 德은 중국어로 '드'이며, 이는 도이치의 첫 번째 발음이죠. 泰國(태국)의 泰는 중국어로 '타이'이므로, 타일랜드의 발음이고, 美國(미국)은 美의 중국어인 '메이'와 아메리카의 두 번째 발음을 따서 만든 것입니다. 그러니 아름답다는 뜻과는 전혀 관계가 없기 때문에 일본에서는 '쌀 미'자를 써서 米國(미국)이라고 표기하기도 합니다.

반면에 '국'이라는 한자를 넣지 않고 그대로 발음을 표기하는 경우도 있습니다. 佛蘭西의 중국어 발음은 '포란시'이며, 이는 france를 말합니다. 西班牙(서반아)는 '시반야', 印度(인도)는 '인두', 獨逸(독일)은 '두이'입니다.

혹시 대한 제국 고종 시기에 일본을 피해서 러시아 공사관으로 몸을 숨긴 사건을 기억하시는지요? 그 사건을 가르켜 俄館播遷(아관파천)이라고 합니다. 여기서 아관은 '아'의 관청이라는 뜻인데, '아'는 무엇을 말하는 것일까요? 러시아의 다른 표기였던 몽골어인 '어러스'를 중국어 표기에 도입하여 한자로 俄羅斯(아라사)라고 표기합니다. 그래서 아관은 아라사 관청이라는 의미가 되고, 파천은 임금이 궁을 버리고 다른 곳으로 가는 경우를 말합니다. 조금 더 말씀드리면 실제 Russia의 음차 표기는 노서아(露西亞)입니다. 재미있는 사실은 이렇게 두 표기가 전혀 다른 곳에서 유래하다 보니 한동안 사람들은 俄羅斯(아라사)와 노서아(露西亞)가 각기 다른 두 나라라고 생각했다는 것입니다.

이렇듯 국가의 명칭은 하나인 것처럼 생각이 되지만 실제로는 다양한 표기가 존재했습니다. 음역을 하는 사람이 다르니, 표기 방법도 다 달랐던 것이죠. 그러다 정리가 되고 하나로 통일된 것은 결국 언중과 교육, 정책의 힘입니다. 이 점에 대해서는 길게 말씀드리지 않겠습니다.

중요한 것은 최소한 얼굴은 하나인데 별명은 서너 개가 되는 일이 없어져야 한다는 것입니다. 아닌 것 같은 일들에 이러한 일은 여전히 존재하고, 그 여전함은 우리 세상을 혼란스럽게 합니다.

3. 三人成虎(삼인성호)

뚱딴지 같지만 조금 다른 경우를 말씀드리려 합니다. 화를 잘못 이용하는 경우입니다. 곧 여러 사람이 마음을 합해 무엇인가 잘못된 일을 만들어 내는 경우입니다.

> 방총이 태자와 함께 한단(조나라의 수도)에 인질로 가면서 위왕에게 말하였습니다.
>
> "지금 한 사람이 저자거리에 호랑이가 있다고 말하면, 왕께서는 믿으시겠습니까?"
>
> 왕이 말하기를 "믿지 않는다."하였다.

"두 사람이 저자거리에 호랑이가 있다고 말하면, 왕께서는 이를 믿으시겠습니까?"

왕이 말하기를 "과인은 그것을 의심할 것이다."하였다.

"세 사람이 저자 거리에 호랑이가 있다고 말하면, 왕께서는 믿으시겠습니까?"

왕이 말하기를 "믿을 것이다"하였다.

방총이 말하였다.

"저자 거리에 호랑이가 없음은 분명합니다. 그러나 세 사람이 말하면 호랑이가 만들어집니다. 지금 한단에서 대량(위나라의 수도)까지의 거리는 저자거리보다 멉니다. 또한 신들을 논하는 자는 세사람을 넘습니다. 원컨대 왕께서는 이를 살피소서."

왕이 말하였다. "스스로 알고 있소."

이때 하직하고 떠나려하는데, 헐뜯는 말이 먼저 도착하였다. 후에 태자는 인질에서 풀려났지만, (방총은) 과연 (임금을) 볼수 없었다.

龐葱與太子質于邯鄲, 謂魏王曰, 今一人言市有虎, 王信之乎, 王曰, 否, 二人言市有虎, 王信之乎, 王曰, 寡人疑之矣, 三人言市有虎, 王信之乎, 王曰, 寡人信之矣, 龐葱曰, 夫市之無虎明矣,然而三人言而成虎, 今邯鄲去大梁也遠于市, 而議臣者過于三人矣, 願王察之矣, 王曰, 寡人自爲知, 于是辭行, 而讒言先至, 後太子罷質, 果不得見. ≪戰國策≫

이 이야기는 한번 쯤 들어보셨을 '삼인성호'입니다. 세 사람이면 호랑이를 만들어낼 수 있다는 것은 근거 없는 말이라도 여러 사람이 하면 곧이 듣게 된다는 것을 말합니다.

그러나 저는 여기서 다른 것을 보고자 합니다. 리더의 역할이자 듣는 사람의 현명함입니다. 물론 아무리 뛰어난 학식과 인품과 공정함을 가지고 있더라도, 주변에서 계속하여 무엇인가를 말하면 그것에 현혹되지 않을 수 없습니다. 그게 사람이니까요. 그러니 그보다 먼저 그런 사람들을 곁에 두지 않음이 필요합니다. 그것이 진정한 리더의 자세입니다. 사실을 말하는 사람들을 곁에 두고 때로는 싫은 소리도 들을 수 있어야 합니다. 나에게 좋은 말만 하는 사람은 나를 해치는 사람입니다. 그렇게 해서는 내가 발전할 수 없습니다.

간신은 원래 간신이 아니라, 위정자가 만들어낸 것이며, 위정자는 반대로 충신을 만들어 낼 수도 있습니다. 주변에 진실된 이만 있는데 왜 삼인성호를 걱정하겠습니까? 위의 이야기를 잘 보시죠.

왕은 짐짓 이러한 세상의 도리를 모두 아는 척을 합니다만, 사실 모르고 있습니다. 아는 척만큼 무서운 것이 없습니다.

아는 것과 모르는 것은 종이 한 장 차이처럼 가볍고 쉬운 것일 수도 있으나 때로는 세상을 뒤집을 만큼의 큰 변화를 일으키는 원인이 되기도 합니다.

4. 화의 쓰임

공자의 제자인 유자 또한 화의 중요성에 대해서 다음과 같이 말하고 있습니다.

> 禮之用, 和爲貴, 先王之道斯爲美. 小大由之, 有所不行. 知和而和. 不以禮節之. 亦不可行也
>
> 예지용, 화위귀, 선왕지도사위미. 소대유지, 유소불행. 지화이화. 불이예절지. 역불가행야.

우선 전체적인 해석을 해보면 이렇습니다.

예를 사용함에 있어 조화를 이루는 것이 중요하다. 선왕의 도가 아름답다고 하는 것은 크고 작은 것이 모두 조화에서 시작하였다. 행해서는 안 될 것이 있으니, 조화만을 알아 조화만 행하고 예로써 절제하지 않으면 또한 행해서는 안될 것이다.

하나씩 풀이를 해보겠습니다.

禮之用(예지용) 예의 쓰임 혹은 예를 사용함이겠죠. 다시 말해 예를 실천함을 말하는 것입니다. 앞에서 말씀드린 대로 예라는 것은 형식이지만 그 형식은 사회나 국가마다 일정 정도의 규범을 가지고 정해지는 것이 있습니다. 때로는 이 형식이 법적인 것이 되기도 하고 일반적인 규범이나 규율처럼 인식되기도 하지만 무엇보다 판단의 기준이 됩니다. 곧 예를 지킴과 지키지 않음은, 예와 무례로 나타나게 됩니다. 그런데 지나치게 우리의 머리 속에 굳어진 예만을 고집하거나 지키려 하면 실제적인 본질을 잊어버리게 됩니다. 언제나 사정이 다를 수 있으니까, 예도 그 사정에 맞추어야 합니다. 대상이 다를 수 있고, 시기가 다를 수 있고, 공간이 다를 수 있으며 형편이 다를 수 있기 때문입니다. 그래서 예를 실천함 혹은 예를 행동함에 있어서는 모든 조건들이 맞는가를 살펴보아야 합니다.

和爲貴(화위귀) 조화로움, 즉 화를 귀하게 여긴다로 풀이됩니다. 다시 말해 예라는 형식만 앞세워 하기 보다는 상황에 따라 유연하게 처리해야 하며 그것이 매우 중요하다고도 말합니다. 여기서 貴(귀)라는 것은 소중하게 여긴다는 뜻입니다. 귀라는 한자는 천이란 한자와 결합해서 貴賤(귀천)이라는 단어가 됩니다. 귀천은 주로 신분이 높고 낮음을 나타냅니다.

貴자는 臼(절구 구)자와 土(흙 토)자, 貝(조개 패)자가 결합한 모습으로, 갑골문을 보면 양손으로 흙을 감싸고 있는 모습입니다. 농경사회에서 흙은 소중한 존재이며 감사해야 할 존재인 동시에 만물의 근원으로 여겨지는 것은 당연했습니다. 그래서 양손으로 흙을 감싸는 모습을 그린 이 글자는 후에 돈, 재물을 의미하는 貝자가 더해지게 됩니다. 이제 중요한 것은 흙이 아니라 재물이 되었다고 볼 수도 있지만, 제 생각은 먹고 사는 문제의 핵심이 두 흙과 돈이 서로 합해져 매우 중요함을 나타냈다고 생각합니다. 그러다 보니 이 글자는 소중한 것, 중요한 것, 비싼 것, 그런 높은 지위의 의미로 사용됩니다. 신년이 되면 토정비결 같은 미래를 예측하는 무엇인가에서 貴人(귀인)이라는 표현을 보고는 하는데, 소중한 혹은 중요한 사람이라는 뜻입니다. 요즘에는 재물이나 행운을 가져다 주는 사람을 의미하기도 합니다만, 원래의 의미는 농경사회에서의 흙같은, 내가 살아가는데 필요한 재물만큼 소중한 사람입니다.

貴의 자형 변화

어쨌든 너무 형식에 얽매이지 말고 상황에 따라 유연하게 예를 실천해야 한다라는 의미가 됩니다.

先王之道斯爲美(선왕지도사위미) 여기서 말하는 선왕이란 이전에 훌륭한 정치를 펼쳤던 왕들을 의미합니다. 그런데 그 선왕들이 행했던 도, 즉 방법, 길은 斯(사) 이것 美(미)라고 爲(위) 여겼습니다. 또 다른 글자가 나왔군요. 정말 자주 사용하는 글자입니다.

美와 결합하여 사용되는 어휘는 셀 수 없을 정도로 많고, 실제로는 단독으로도 자주 사용합니다. 성적을 분류하는 수우미양가, 미인, 미술, 미용, 찬미, 미모 등등만이 아니라 팔방미인, 미아여구, 미풍양속, 유종지미 등의 어휘도 들으시면 바로 아실 수 있습니다. 그런데 이 글자의 뜻에 대해서는 '아름답다'로 아시는 경우가 많습니다. 물론 틀린 것은 아닙니다. 그런데 그 아름답다가 단순한 Pretty의 의미만은 아니라는 것입니다.

美자는 大(큰 대)자와 羊(양 양)자가 결합한 모습입니다. 위에는 양, 아래는 큰 대입니다. 갑골문을 보면 머리에 장식을 한 사람이 그려져 있는데, 이 머리의 장식이 바로 양의 모습입니다. 아래의 '크다'는 사실 '크다'가 아니라 사람이고요. 아시겠지만 양이란 동물은 고대 사람들에게 상서로움을 상징하는 동물이었습니다. 인간이 가장 먼저 목축을 한 동물이기도 합니다. 성질이 유순할 뿐 아니라 고기, 가죽, 털 등 모든 것들이 인간의 삶에서 매우 중요한 도구를 제공해 줍니다. 그러다 보니 양을 신에게 바치는 희생 의식은 동서양을 막론하고 다 있었습니다. 이 글자는 이런 존재였던 양의 머리를 장식한 사람을 나타냅니다. 이 사람은 당시 하늘에 제를 지내거나 의식을 치르는 주관자였습니다. 그만큼 중요한 사람이었습니다. 그가 장식한 양의 모습은 그 겉모습이 실제로 아름다웠는지는 몰라도 당시 사람들에게 매우 중요하고 소중하다고 여겨졌을 것임은 분명합니다. 다시 말씀드리면 여기서의 아름다움은 그저 겉으로의 아름다움, 장식과 치장이 잘 되어 있다는 것이 아니라 그 자체로 소중하고 가치로움을 가진 아름답다는 판단의 기준이라는 점입니다. 美學(미학)이란 말도 그래서 성립합니다. 아름다움의 기준과 판단은 개인과 사회, 국가마다 다를 수 있고, 시기마다 다를 수 있습니다. 모나리자를 보고 어떤 이는 아름답다고 판단할 수도 있으며, 어떤 이는 아릅답지 않다고 판단할 수도 있습니다. 하지만 모든 대상물의 가치를 아는 순간 그것은 아름다워질 수 있습니다. 그래서 내 눈에는 모든 것이 아릅답다고 말할 수 있는 것이죠. 그래서 이 글자는 '아름답다'라는 동일한 표기를 하는 佳(가)와 구분됩니다. 즉 가인과 미인은 그 속에 포함된 의미가 전혀 다릅니다.

맛있고, 좋으며, 기려야 하는 것들은 모두 미의 의미 범주입니다. 그것들은 그 자체로 아름답기 때문입니다. 그러니 세상에 생명을 유지하고 살아가기 위해 모두 최선을 다하고 있으니, 아름답지 않은 사람은 없으며, 세상 만물은 모두 아름다울 수 밖에 없습니다.

美의 자형 변화

그러니 爲美(위미)란 중요한 판단 기준이 되어, 가치롭게 여긴다는 의미가 되겠죠. 그런 선왕들은 '화' 즉 조화스러움, 유연함을 가치롭게 여겨 小大由之(소대유지) 작고 큰 모든 일들을 그것에서 말미암았습니다. 말미암다는 표현은 이전에도 말씀드린 적이 있습니다. '~을 근거하였다'는 의미입니다.

문제는 이 또한 지나친 화여서는 안된다는 것입니다. 정치를 행함에 있어 너무 원칙적인 것도 문제겠지만 지나친 유연함은 자칫

타협이 되거나 원칙을 무너뜨리는 경우가 되기도 합니다.

有所不行(유소부행)이란 不行(불행) 행해서는 안되는 所(소) 바, 곳이 有(유) 있습니다. 원칙은 지키라고 있는 것이며, 원칙을 훼손한 유연함은 오히려 없는 편이 낫습니다. 본질을 잃는다는 것은 그 가치를 잃는 것이죠.

知和而和(지화이화)란 화만을 알아서 화만 하고의 의미인데, 여기서 而를 둘러싼 문제에 대해 잠시 말씀드리겠습니다. 而는 한문 문법적으로 구와 구, 절과 절을 이어지는 접속사의 역할을 합니다. 중요한 것은 而의 앞 뒤로 구와 절이 오기 때문에 둘 다 서술어가 존재하는 구와 구, 절과 절이 오는 경우도 있습니다. 그러나 하나의 서술어를 而의 앞뒤에 있는 단어들이 받는 경우도 있다는 것입니다. 여기서는 둘 다 서술어가 있어야 하는데, 살펴보면 知和는 화를 알다이니 而 다음에 화는 명사가 되지 못하고 서술어로 바꾸어야 한다는 것입니다. 즉 화스럽다, 조화스럽다, 화를 행하다 등이 되는 셈입니다. 이 문장을 '화이화(和而和)를 알다'라고 보지 못하는 것은 문맥상 그렇기도 하거니와, 뒤에 놓인 화 뒤에 대명사가 생략되었기 때문입니다. 한문이 어렵다고 느껴지는 것은 생략이 빈번하게 일어나고, 문장 성분이 해당 글자가 놓인 위치에 따라 변하기 때문입니다. 그러다 보니 전달의 면에서 모호한 면도 있지만, 현재 우리로서는 더 다양한 해석의 기회가 생기기도 합니다.

저는 지화이화와 不以禮節之(불이예절지)를 같은 문맥으로 보았습니다. 우선 어떤 이들은 화만을 알아서 화만 실천하고, 以禮(이예) 예를 가지고 그것을 節(절)하지 않으면이라고 해석할 수 있습니다. 여기서 예의 중요성을 다시 강조하고 있습니다. 화를 행하게 된 예의 기준을 적용하여 節(절)해야 한다고 말입니다. 여기서 절은 절체라고 번역하였는데요, 節자는 竹(대나무 죽)자와 卽(곧 즉)자가 결합한 모양을 가지고 있습니다. 여기서 卽은 식기를 앞에 무릎을 꿇고 있는 사람으로 이제 '곧', '즉시' 먹는다는 의미처럼 보이지만 갑골문에는 무릎을 꿇은 사람만 있으니 실제로 그가 무엇을 하려는지는 정확하지 않습니다. 이 모양이 㔾(병부 절)자입니다. 㔾자는 금문에서부터 竹(대나무 죽)자와 卽(곧 즉)자가 결합한 형태가 됩니다. 그래서 이 글자는 이렇게 회의 글자로 풀이하는 경우보다는 절이란 음을 가진 부분과 대나무를 나타내는 죽이 결합된 형성자로 보는 경우가 더 많습니다. 대나무를 보면 마디가 있습니다. 마디는 위와 아래를 구분해 주고, 더 이상 위에서 아래로, 아래에서 위로 침범하는 것을 막아 주는 역할도 합니다. 그래서 이 글자는 나뉨, 구분됨의 의미에서 여러 관련된 어휘가 파생됩니다. 명절도 나뉘는 것이죠, 절기도 나누는 것입니다. 마디와 관절도 나뉜 것이고, 예절도 예가 구분된 것이죠. 절도와 절약, 절제도 구분되어 서로 어긋나지 않는 것입니다.

곧 여기서는 예라는 기준과 방법을 이용해 화를 조절하라는 것이지, 화가 문제가 있으니 그것을 하지 말라는 의미는 아닙니다. 위에서도 말씀드렸듯 예의 지나친 형식은 실제로는 가능하지 않으니까요.

마지막으로 亦不可行也(역불가행야)는 또한 행해서는 안된 것이다이나 앞의 말과 이어서 생각해 보시면 되겠습니다.

조화롭게 살아가는 것은 중요합니다. 더불어 살아야 하는 것이 세상임을 우리 모두는 잘 알고 있습니다. 그러나 그것이 사람들이 지켜야 하는 법과 규칙, 규율, 관습, 일반적인 상식을 훼손한다면 그것은 조화로운 것이 아닙니다. 조화로움은 원칙을 지키고 보존하면서 더욱 잘 살아갈 수 있는 방안을 찾는 것입니다.

이 말을 한 유자의 스승인 공자도 이렇게 말합니다.

子曰: "君子, 和而不同, 小人, 同而不和." ≪論語≫
자왈: "군자, 화이부동, 소인, 동이불화."

공자는 군자와 소인을 두고 이 둘을 비교하는 말을 많이 합니다.

어떤 행동과 생각을 하면 군자이고 그렇지 않으면 소인이다라는 식으로요. 우리는 이를 '갈라치기'라고 생각하지 않습니다. 그럼 왜 공자는 둘을 구분했을까요 궁금해집니다. 공자는 모든 사람들에게 군자가 되라고 말하는 것입니다. 즉, 소인의 행동과 말을 보여주면서 이렇게 말하고, 이렇게 행동하는 것은 소인배가 하는 일이니, 여러분들은 군자가 되기 위해서 이렇게 생각하고, 이렇게 말하십시오. 이런 의도입니다.

우선 소인부터 볼까요.

同而不和(동이불화), 而의 앞 뒤로 한 글자만 있으니 모두 서술어가 되어야 합니다. 그래서 풀이도 같아지려고는 하나, 조화롭지 않다가 됩니다. 이게 무슨 말일까요? 우리가 흔히 보는 모습입니다. 나와 생각이 같아야 하고, 나와 행동이 같아야 한다는 많은 사람들이 있습니다. 왜 다르게 말하고 왜 다른 행동을 하냐고 비판하는 사람들입니다. 같은 당이니, 같은 회사이니, 같은 과이니 모두가 함께, 똑같아야 하지 않냐는 것입니다. 서로 다른 존재가 모여 서로의 다름을 인정하며 조화롭게 구성되어야 한다고 생각하지 않습니다. 그러다 보니 서로 갈등이 일어나고 다툼이 생깁니다. 한 집안에서도 그렇습니다. 조그만 조직에서도 그렇습니다. 우리는 같을 수 없고, 같아서도 안됩니다. 같은 것은 우리의 편리를 위한 도구들일 뿐입니다. 전체주의가 무서운 이유입니다. 인간의 권리와 주체성, 개성을 모두 무시하기 때문입니다.

반면 군자는 어떨까요? 반대입니다. 조화로워지되 같아지지 않는다. 그렇습니다. 우리 스스로 무엇인가에 적응하기 위해, 더불어 살기 위해 노력하되 스스로 같아질 필요는 없습니다. 그렇다고 세상을 거부하거나 부정할 필요도 없습니다. 더불어 함께 살아가기 위해서는 나의 노력도 필요하니까요.

그렇다면 이 화는 사용하기에 따라서 득이 될 수도 있지만 반대인 경우도 생길 수 있음을 알 수 있습니다. 위에서 일본을 나타내는 글자로도 화라는 한자가 사용된다고 말씀드렸습니다. 일본에서 일본이 성장할 수 있었던 이유이기도 하지만, 현재 일본인의 문제, 사회의 문제를 이야기할 때도 이 화가 거론되기도 합니다.

모든 것들은 조화로움이 필요합니다. 화에 대해 인식하고 적용해야 합니다. 칼은 사용하는 사람에 따라 유용한 도구가 될 수도, 위험한 물건이 될 수도 있습니다. 법은 사람을 살리는 도구가 되기도 하지만 사람을 죽이는 도구가 되기도 합니다.

모두가 누가 어떻게 사용하는가 입니다.

5. 관계의 설정

'조화롭다'는 것은 결국 나와 다른 사람의 관계입니다. 이에 대해 선인들은 여러 이야기를 남겼는데, 그 중에 관계의 중요성에 대한 이야기를 몇 편 보겠습니다.

> 父慈子孝, 君義臣忠, 夫和婦順, 兄友弟恭, 朋友輔仁然後, 方可謂之人矣. ≪童蒙先習≫
>
> 부자자효, 군의신충, 부화부순, 형우제공, 붕우보인연후, 방가위지인의.

≪동몽선습≫이라는 우리나라 책에서 발췌했습니다. 동몽은 어린아이와 아직 깨닫지 못한 사람을 말합니다. 그들이 먼저 배워야 할 것들이란 의미인데, 중요한 것은 '습'이라는 글자입니다. 배우는 것이 중요한 것이 아니라 익히는 것이 더 중요하다는 의미이죠. 배우는 것은 누구나 언제나 할 수 있지만 그것을 충분히 익혀서 자신의 것으로 체화되도록 하는 것은 오랜 시간과 노력이 필요합니다. 이 책은 책의 내용을 어린 아이나 아직 깨닫지 못한 사람들이 가장 기초적으로 익혀야 할 것이라고 말하는 셈입니다.

이 문장은 자신의 역할에 따라 무엇을 해야 하는 지를 말하고 있습니다.

≪동몽선습≫

하나씩 보면 다음과 같습니다.

父慈(부자), '아버지는 자애롭다.' 이 말은 굳이 설명드리지 않아도 될 듯 합니다 아버지는 엄한 존재이거나 밖에서 일하는 존재가 아닙니다. 아버지의 본질은 자식을 사랑하는 마음과 태도입니다. 너무나 당연하지만 당연하지 않게 느껴지는 것은 현재의 세상에서 영향을 받기 때문이겠죠. 하지만 예전에도 그랬나 봅니다. 그럼 여기서는 왜 어머니가 없을까요? 가부장제 사회에서 형식적 대표는 아버지였기 때문이겠죠. 실제로는 부모 모두를 의미하는 것입니다. 부모는 당연히 자식을 사랑해야 합니다. 다만 그 사랑의 방식과 표현의 방법은 다를 수 있습니다. 문제는 그 본질이 사랑과 애정인가 이겠죠.

子孝(자효), '자식은 효도한다.' 이 말도 너무 자주 하는 말인 듯합니다. 무엇보다 중요한 것은 마음이겠지만, 실제로 자식된 입장에서는 그것을 어떻게 표현해야 할지 몰라 망설이는 경우가 많습니다. 걱정 마십시오. 부모는 다 압니다. 부모에게 가장 큰 효도는 건강하게 살아주는 것입니다. 그보다 더 바랄 것이 무엇이 있겠습니까?

君義(군의), '군주는 의롭다.' 옳은 일을 하는 리더를 만나는 것은 결코 쉽지 않습니다. 그러나 리더라면 누가 보더라도 옳은, 의로운 길을 걸어야 합니다. 의롭지 않다면 리더로서의 자격이 없습니다.

臣忠(신충), '신하는 충성한다.' 그러한 리더를 만나면 당연히 마음과 몸을 다하겠지만, 반대라면 어떻게 해야 할까요? 곧 의롭지 못한 리더를 만나도 충성을 다해야 할까요? 이는 여러분의 판단에 맡기겠습니다. 저는 그러한 리더임을 알면 그와 함께 하지 않지만 여러분은 또한 여러분의 판단이 있을 테니까요. 제가 생각하는 리더의 옳음 기준은 하나입니다. 자신보다 타인을 위할 줄 아는가입니다. 그럼 충분합니다. 옳음을 안다면 결코 이기적일 수 없으며 사람들을 함부로 대하지도 않습니다.

夫和(부화), '남편은 조화롭다.' 남편은 가정의 대표이니, 가정의 구성원 모두가 서로 화합할 수 있도록 조정하는 조정자의 역할을 해야 합니다. 누구의 편에도 서지 않고 중재하는 역할은 참 어렵습니다. 고마움보다는 서운함을 말하는 경우가 많으니까요. 그래도 그러려고 노력해야 합니다.

婦順(부순), '아내는 따른다.' 이 말을 순종한다고 표현하기도 하는데 저는 따른다고 했습니다. 순종은 너무 강압적이고 형식적이기 때문입니다. 가부장제 사회에서 아내의 역할에 대한 부분이라 현실과는 다른 역할입니다. 그러나 당시 사회에서는 이런 역할의 부여가 너무나 당연하였습니다. 문제는 지나친 강압이 있을 때입니다.

兄友(형우), '형은 우애롭다.' 형이 동생을 사랑하는 것이 우애입니다.

弟恭(제공), '동생은 공경해야 한다.' 형제 사이에 이러한 우애와 공경은 가장 기본적이지만 가장 어렵습니다. 이는 형제 자매를 둔 가정이라면 다 아는 사실입니다. 저 또한 이 문제를 어떻게 풀어야 할지 몰라 어려운 경우가 한 두 번이 아닙니다. 그러나 이 글에서 말하는 것은 그렇습니다. 사랑하고 공경하라입니다.

朋友輔仁(붕우보인), '친구는 인을 돕는다.' 이 말은 친구가 인에서 어긋나지 않도록 서로 계속 도와주는 관계여야 한다는 것입니다. 그것이 친구입니다. 서로의 잘못을 지적하고 서로 같이 잘 살기 위해 노력하는 관계입니다.

然後, 方可謂之人矣(연후, 방가위지인의). '그런 후에야 바로 사람이라 이를 수 있다.' 아. 위의 말한 역할을 할 수 있어야만 사람다운 사람이라고 할 수 있다는 이 말은 참 어려운 말이기는 합니다. 그러나 우리가 지켜야 할 역할이기도 합니다.

그럼 이러한 말만 했을까요?

다음 몇 가지 문장을 더 보겠습니다.

> 太公曰: "勿以貴己而賤人, 勿以自大而蔑小, 勿以恃勇而輕敵." ≪明心寶鑑≫
>
> 태공왈: "물이귀기이천인, 물이자대이멸소, 물이시용이경적."

태공이 말하였다.

勿以貴己而賤人,

勿以自大而蔑小,

勿以恃勇而輕敵.

위의 세 가지입니다. 勿(물)로 시작하니 금지형입니다. '~하지 마라'라는 의미입니다. 以(이)는 '~로써', '뒤의 것 때문에'라는 허사입니다.

한문을 하다 보면 가끔 허사라는 말을 보게 됩니다. 詞(사)에 대해서는 전에 말씀드렸으니 여기서는 생략하겠습니다만, 사가 있으니 당연히 문장 성분 속에서의 분류라는 것을 눈치채셨을 겁니다. 허사에 대해 쉽게 말씀을 드리면 허사는 자기 의미가 없지만, 문장 속에서 문법적 기능을 하는 어휘를 말합니다. 우리말에 조사가 있는 것과 같습니다. 그럼 자기 의미를 가진 글자는 뭐라고 할까요? 虛(허)의 반대인 實(실)사입니다. 실사는 문장이나 어휘 속에서 자신의 본래 의미를 가지고 표현되는 것을 말합니다. 그런데, 이 실사와 허사를 가끔 실자와 허자라고 이야기는 하는 경우가 있습니다. 역사적으로도 여러 사람들이 그렇게 이야기했고, 최근에도 실자와 허자라고 말하는 사람들도 있습니다. 저는 생각이 좀 다릅니다. '자'라는 것은 글자의 형태에 집중해서 판단하는, 곧 시각적으로 다른 것과 분류되는 특징을 가진 개별적인 존재를 말합니다. 따라서 모든 한자는 자이지만, 모든 한자가 문장 속에서 같은 기능을 하지는 않습니다. 어떤 한자는 자기의 의미를 표현해 내는가 하면, 어떤 한자는 그런 의미 표현을 하는 한자들을 한문의 풀이에 맞도록 문법적 기능을 도와주는 역할을 하게 됩니다. 그러니 실자와 허자라는 것은 잘못된 표현이고, 실사와 허사가 더 정확한 표현이라고 생각합니다. 그럼 한문에서 허사에 속하는 것들은 어떤 것들이 있을까요? 허사에 포함되는 품사에 대해서는 여러 학자들마다 의견이 다릅니다. 왜 그럴까요? 우리가 말하는 품사라는 것이 예전에 그 사람들이 글을 쓸 때부터 정해놓은, 말을 하기 전에 만들어 놓은 규칙이 아니라 자연스럽게 정해진 규칙이기 때문입니다. 자연스럽게 정리되고 통일화되는 과정에서 만들어진 언어라는 체계를 몇 천년이 흐른 뒤에 우리가 규정한 명칭과 정의에 따라 새롭게 적용하다 보니 어떤 때는 착착 잘 들어맞고, 어떤 때는 잘 들어맞지 않은 경우가 생기는 것은 너무나 당연한 일입니다. 인간의 타고난 성격을 어떻게 혈액형 4가지로 구분하고, 16가지로 구분해서 볼 수 있겠습니까. 그러다 보니 같은 용어이지만 언어별로 내포하는 정의가 달라지기도 하고, 용어가 적절하지 않다고 생각하면 스스로 용어를 창안해서 사용하기도 합니다.

그러니 허사에는 뭐가 있고, 실사에는 어떤 품사가 있지 등에 대해서는 나중에 관련된 공부를 깊이 하실 때 따져 보시기 바랍니다. 다만, 제 경험으로만 말씀드리면 현재의 국어 문법에서 규정한 것을 가지고 한문 문법에 모두 적용하려고 노력하지는 마십시오. 한국어와 한문은 태생부터가 다른 언어이니, 들어맞을 수 없습니다. 우리 역사에서 오랫동안 한문을 사용하였고, 현재도 한자어가 많이 사용된다는 착각(?)으로 인해 한문과 한자어가 우리말처럼 오해되는 경우가 있으나, 문법적으로 볼 때 이는 완전히 다른 언어입니다. 예를 들어 볼까요? '독서'는 우리말에서는 한 단어입니다. '독서를 좋아하다', '독서를 하다'와 같죠. 하지만, 한문에서 독서는 문장입니다. '읽다'와 '책'이 합쳐졌으니까요. 곧 책을 읽다로 풀이되는 문장입니다. 이런 예는 우리가 축자풀이, 혹은 투명도가 높다는 단어에서 흔히 볼 수 있는 예입니다. 한자어나 한문 문장이 우리말 속에서 하나의 단어처럼 사용되지만, 실제로 이는 한문 문장인 경우가 대부분입니다. 곧 한자어를 사용하는 우리말 문장은 이미 이중 언어를 가지고 있는 셈입니다. 이는 어휘만 대체한 "우리 커피 마시러 갈까?" "이 차 꽤 나이스하지 않아?"와는 다른 것입니다.

다시 돌아와 말씀드리면, 허사가 문장 속에서 문법적 표지 기능을 하다 보니 허사의 쓰임을 이해하는 것은 한문을 잘 읽을 수 있는 첫 번째 관문입니다. 之(지)나 於(어), 也(야) 등등의 허사를 잘 알아 두시면 한문 문장을 좀 더 빨리 독해하실 수 있습니다.

勿以貴己而賤人,
勿以自大而蔑小,
勿以恃勇而輕敵.

자기를 귀하게 여김으로써,
스스로 크다고 여김으로써,
용기있다고 믿음으로써,

마지막의 恃勇(시용)은 만용이나 지나치게 자신의 용맹을 믿는 것을 말합니다. 그리고는 而(이)라는 접속사를 사용하여 而 뒤에 오는 내용을 연결해 줍니다.

풀이해 보면 다음과 같습니다.

다른 사람을 천하게 여기다
작은 것을 멸시하다
적을 가볍게 보다

그럼 전체적으로 해석해 보면 이렇게 되겠군요.

> 자기를 귀하게 여김으로써 다른 사람을 천하게 여기지 말고,
> 스스로 크다고 여김으로써 작을 것을 멸시하지 말며,
> 자신의 용맹을 과신함으로써 적을 가볍게 여기지 마라.

여러분은 어떤 문장이 가장 마음에 와 닿으십니까? 만약에 '~하지 마라'라는 勿을 빼면 어떨까요? 바로 이 글을 쓴 사람이 보았던 사람들의 모습입니다.

우연히 우리는 사람들 간의 언쟁을 비롯한 싸움을 보게 되거나, 혹은 자기에게 불리한 일이 벌어졌을 때 입버릇처럼 나오는 말을 듣게 됩니다. "내가 누군지 알아?" "야, 사장 나오라고 그래" "그러니 너는 여기서 점원이나 하고 있는 거야?"

어려서부터 들었던 말 중에 직업에는 귀천이 없고 모든 사람은 평등하다는 말, 그리고 누구나 인격이 있다는 말은 이런 것을 목격하거나 들었을 때 '그저 공허한 소리였구나'하는 생각을 하게 됩니다.

군에 입대했을 때 들었던 말은 "너희는 이제 인간이 아니다. 인간으로 대접받으려 하지 마라"였습니다. 어떻게 인간이 인간이 아닐 수 있는지는 지금도 이해가 가지 않습니다.

사람들은 항상 자신과 남을 비교해서 누가 위고 누가 아래인지 구획을 하려고 합니다. 비교 우위에 있고 싶어하는 인간의 기본적인 속성은 사실 인간의 속성이라기 보다는 동물의 속성이 아닐까요? 무리 속에서 자신이 더 많은 것을 취득해야 하고, 누려야 하는 것은 어떤 동물 집단에서도 공통적으로 드러납니다. 소유할 수 있는 필요한 대상물은 적고, 그것을 필요로 하는 개체는 많으니 적자생존이고 약육강식이 일어나며, 그건 자연의 섭리라고 말합니다. 문제는 인간은 이런 것이 아니어도 자신의 욕망을 채우기 위해 만족과 적당함을 모른다는 것입니다. 사회적 가치의 변화 속에서 직위가 권력이 되고, 가진 재화가 권력이 되고, 나이가 권력이 되고, 남자라는 것이 권력이 되고, 어른이 권력이 되고, 선생이 권력이 되고, 선배가 권력이 되고, 세상 모든 관계에서는 갑과 을이 존재하게 되었습니다. 갑과 을이 없다고 말하는 이들도 있으나, 아니요, 우리 사회에는 그리고 지금 지구에는 여전히 갑과 을이 존재하고 있고, 갑은 늘 을에게 요구하면, 을은 늘 갑에 불만을 가지지만 순응하면서 살아갑니다. 때로 을은 갑의 지나침에 대항해 보기도 합니다. 그러나 성공의 경우는 매우 적습니다. 더 나아질 것 같아 보이지 않습니다. 그러나 세상은 갑들이 변화시킨 것이 아니라 을들의 헌신과 노력에 의해 변화되었음을 우리는 잘 알고 있습니다. 역사상의 대변화와 대개혁은 을들의 거센 저항이었고 노력이었으며 피로 만들어진 혁명의 결과였음을 알고 있습니다. 때로는 더디고, 때로는 미약해 보이지만 그래도 세상이 조금이라도 나아질 수 있었던 것은 우리들이 역사를 만들었기 때문입니다. 그러니 내가 갑이라고 하여 을에게 그렇게 대해도 된다는 법은 없습니다. 갑 또한 상황에 따라 을이 되기도 하고, 아니 을이 아닌 을보다 못한 존재가 될 수도 있으니까요. 그러니 자기를 '갑'화시켜서 상대방에게 강요를 해서도 안되며, 그것으로 인해 자신을 과시하려 해서도 안되지 않을까요?

제가 사범대에서 교육 관련 전공을 하다 보니, 제가 학생들에게 이런 말을 한 적이 있습니다. "제가 여러분보다 먼저 태어나서 먼저 이 전공을 공부하였을 뿐, 제가 여러분보다 다른 면으로 나은 것이 없습니다. 제가 요즘 아이돌 노래를 배우려면 여러분 중 아이돌 노래를 잘하는 사람에게 배워야하고, 제가 춤을 잘 추고 싶으면 춤을 잘 추는 누군가에게서 배워야 합니다. 제가 여러분보다 이 과목의 내용에 대해서는 지금은 말해 줄 수 있으나, 십년 뒤 쯤 여러분이 저와 다른 연구자가 되고 교수가 되어 저와 반대되는 의견을 가지거나 혹은 제가 미처 깨닫지 못하는 이론과 학설을 제시한다면 저는 당연히 배워야 합니다. 그게 우리가 가져야 할 마음의 태도입니다. 지금 한때의 선생이라고 하여 영원한 선생이 되어야 한다는 마음부터 버려야 합니다. 저는 여러분이 좋은 선생님들이 되셨으면 합니다. 저는 이 자리에서 여러분 십여 명에게 이런 말을 하는 게 아닙니다. 여러분은 나중에 최소한 교생 실습을 나갈 것이고, 그 때 제가 절대 알 수 없는 십대의 학생들을 만날 것입니다. 그리고 여러분은 대학에서 배운 것을 학생들에게 가르치겠죠. 그러니 저는 지금 십여 명의 학생이 아니라 몇 백, 몇 천의 학생들에게 말하는 것입니다. 저는 사범대 교수는 이런 마음과 태도를 가져야 한다고 생각합니다. 그러니 저는 여러분을 잘 지도해야 할 무거운 책임감과 의무감이 있습니다. 부디 여러분도 그런 의무감을 가져주시기 바랍니다.

교수자 한 명이 몇 백명의 사람들에게 희망이 되기도 하고, 절망이 될 수도 있습니다. 저는 여러분들이 여러분의 학생들에게 희망이 되셨으면 합니다. 저는 여러분들에게 희망이 될 정도는 아닙니다. 그러나 조금이라도 여러분의 성장에 도움이 되었으면 합니다."

내가 귀하면 다른 사람도 귀합니다. 자신이 귀하게 대접받고 싶으면 다른 사람도 귀하게 대접해야 합니다. 그것이 도리인 것을 알지만 인간은 여전히 그렇게 살아가지 않습니다.

그러다 보니 늘 자신은 옳고 바르다라는 착각 속에 살아갑니다.

이야기해 봐야 뭐 하겠습니까? 너무나 흔하게 보는 일입니다. 최소한 가볍게도 멸시하지 않았으면 합니다.

내가 갑질을 당할 때 아팠다면 그것을 굳이 다른 사람에게 돌려주거나 같아질 필요는 없지 않을까요?

이를 조금 더 구체적인 행동으로 말해주는 문장도 있습니다.

君子, 不責人所不及, 不強人所不能, 不苦人所不好. ≪중설≫
군자, 불책인소불급, 불강인소불능, 불고인소불호.

군자는 이렇게 한다는 군요. 다시 말해 군자가 되고 싶다면 최소한 이렇게는 하지 말라는 것입니다. 여기서 人(인)은 자신을 제외한 다른 사람을 의미합니다. 人所不及은 다른 사람이 미치지 못하는 바, 다시 말해서 어떤 결과나 능력 등을 통해 도달해야 할 곳에 도달하지 못한 것을 말합니다. 그럴 때 不責 꾸짖지 마라고 이야기합니다.

人所不能, 다른 사람이 능하지 못한 바를 不強 강요하지 마라. 여기서 '강'은 강하다가 아니라 강요하다입니다. 다시 말해 힘으로 누르는 것입니다. 그러나 보니 '강'의 뜻 중에는 억지로라는 뜻도 있습니다. 힘으로 억누르는 것이죠.

人所不好, 다른 사람이 좋아하지 않는 바를, 不苦 괴롭히지 말아라.

어떠신가요? 여러분의 가정에서 아이들에게 여러분은 이러한 모습이지 않으신가요? 여러분의 친구들에게 여러분은 이러한 기준을 적용하고 있지 않은가요? 조금 전에 말씀드린 갑의 입장에서 을에게 이렇게 하고 있지 않은가요?

사람들의 생김새가 다르듯, 능력의 도달치와 결과, 좋아하는 것과 좋아하지 않는 것은 모두 다른 것이 지극히 자연스러운 일입니다. 그런데, 우리는 자주 "쟤는 누굴 닮아서". "아, 대학 나왔다며?", "그게 왜 싫어" 등등 자신의 잣대와 기준으로 상대를 평가하고 재단하지 않던가요?

그런데 실은 우리가 솔직하지 못한 것이 있습니다. 자신도 그 정도에 이를 수 없고, 할 수 있는 능력도 안되고 좋아하지 않는다는 것을 숨기고 짐짓 아닌 척하면서 비판하고 있다는 것입니다.

> 我所不能者, 不敢以責人, 人所必不能者, 不敢以强人. ≪위희≫
> 아소불능자, 불감이책인, 인소필불능자, 불감이강인.

> 내가 능하지 못한 것으로
> 감히 이를 가지고 다른 사람을 꾸짖지 말고,

다른 사람이 반드시 능하지 못한 바로,
감히 이를 가지고 다른 사람에게 강요하지 마라

중언부언이 되니 더 길게 설명드리지 않겠습니다.

不以所長者病人, 不以所能者傲人. ≪조겸≫
불이소장자병인, 부이소능자오인.

(자신이) 잘하는 바를 가지고 다른 사람을 병스럽게 여기지 말고,
(자신이) 능하는 바를 가지고, 다른 사람에게 오만하지 마라.

病人이란 다른 사람을 마치 병이 있는 것처럼 이상하게 본다는 의미입니다. 어떻게 사람인데 그걸 잘 못하지, 뭔가 문제 있는 것 아니냐와 같은 태도입니다. 그런데 이런 일이 나의 주변에 대한 태도 뿐일까요? 사실 그렇지 않습니다. 세상 모든 것들에 대한 태도이기도 합니다.

인터넷에 쉴 새 없이 악플을 다는 사람들, 세상 모든 것들을 다 자신이 알고 있다는 태도를 가지고 평가하고 단죄를 내리는 사람

들, 자기 식대로 판단하고 결정해 버리는 사람들, 우리 주변에 참 많습니다.

“아이고, 내가 차면 한 발로도 쟤보다 낫겠다. 저게 무슨 국가대표야.”

“그 국회의원은 안되겠어. 뭐 그런 게 국회의원이야. 동네 반장만도 못한데.”

“아니, 그 교수는 제 정신이야. 내가 가르쳐도 그보다는 잘하겠다.”

사람들은 왜 그런지, 어떤 배경과 어떤 과정에서 무엇 때문인지 이성적으로 분석하고 이해하려 하지 않습니다. 그저 보이는 현상에만 집중해서 자기 식으로 툭 내 뱉습니다.

> 子曰 不在其位, 不謀其政 ≪논어≫
> 자왈 부재기위, 불모기정
>
> 그 자리에 있지 않고는
> 그 정사를 도모하지 마라.

내가 처한 자리가 아닙니다. 그 사람이 어떤 상황인지 그 사람

말고는 아무도 알 수 없습니다. 그러니 자꾸 이렇게 해야 한다, 그렇게 해서는 안된다 해서는 안됩니다 그 사람이 좋은 판단을 할 수 있도록 그 사람을 믿어야 합니다. 물론 전제가 있습니다. 그 사람이 그 자리에 있을 만한 사람이어야 한다는 점입니다. 자리에 있을 만한 사람임을 어떻게 아냐고요. 도덕입니다. 최소한 자기를 돌아볼 줄 아는 도덕심과 객관성, 자신보다 타인을 배려할 줄 아는 마음과 태도. 저는 이것이 기본이라고 생각합니다. 다른 사람을 자신보다 우선시하니 당연히 최선을 다할 것이고, 모자란 점을 채워 나가려 할 것이니까요. 자신의 이익을 위해 권력과 행정을 이용하지 않을 것이니까요. 그래서 우리는 公僕(공복) 모두의 심부름꾼이라고 하는 것이고, 그들에게 우리를 맡기면서 잠시 사용할 수 있는 권력을 주는 것이니까요.

만일 그런 공복이라면 우리는 지켜봐야 합니다.

그런데, 참 그런 공복을 찾는 게 어렵습니다. 이기적인 인간이 이기심을 넘어서는 것은 역시나 어려운 일인가 봅니다.

더 이상 말해 봐야 무엇하겠습니까? 이렇게 봐도 저렇게 봐도 역시 문제는 자신의 마음과 태도이고, 우리는 늘 모자란 존재인 걸요.

마무리하며

이 책을 마무리하며, 다음 이야기를 여러분에게 들려 드리려 합니다.

고구려 고국천왕 13년인 191년, 외척인 어비류(於畀留)와 좌가려(左可慮)가 반란을 일으켰습니다. 이를 진압한 이후 고국천왕이 4부에 영을 내려 인재를 천거하게 합니다. 그러자 4부에서는 동부의 안류를 천거하였고, 안류가 다시 유리왕 때 재상이었던 을소의 후손인 을파소를 천거합니다. 왕은 을파소를 중외대부(中畏大夫)와 우태(于台)로 임명합니다. 당시까지 을파소는 어떤 관직에도 나아가지 못하였으나 한 번의 기회로 국가의 주요 관직에 등용된 셈이었습니다. 다음은 ≪삼국사기≫에 전하는 을파소 이야기입니다.

을파소는 고구려 사람이다. 고국천왕 때 패자 어비류와 평자 좌가려의 무리가 모두 외척으로서 권세를 휘둘러 불의한 짓거리를 하고 다녔다. 이를 본 백성들이 원망하고 분히 여겼다. 왕이 노하여 그들을 잡아 목을 베려 하자 좌가려 등은 왕의 행동에 불만을 품고 모반을 일으켰다. 왕이 그 일당을 잡아 죽이기도 하고 일부는 내치기도 하였다. 그리고 명령하길, "근자에 벼슬이 총애로써 내려지고 덕 없는 이가 자리에 오르니, 그 독이 백성에게로 흘러 들어가고 우리 왕실은 흔들리게 되었다. 이것은 과인이 밝지 못한 탓이다. 그대들 사부에서는 각자 부족의 어질고 착한 이를 추천하라."고 하였다. 그러자 사부에서 모두 동부의 안류를 추천해서 왕이 국정을 맡기기 위해 그를 불렀다. 안류가 왕에게 말하길, "하찮은 신은 용렬하고 어리석어 큰 정치를 다룰 수 없습니다. 서압록곡 좌물촌의 을파소라는 자가 유리왕 때 대신 을소의 후손인데, 성격이 강직하고 굳세며, 슬기와 지혜가 연못처럼 깊습니다. 세상이 알아보지 못하기에 혼자 밭을 갈며 살고 있는데, 대왕께서 나라를 다스리려 하신다면 바로 이 사람이 없이는 아니되옵니다."라고 하였다. 왕이 사람을 보내 겸손한 말과 정중한 예로 초빙해 중외대부에 임명하고 우태의 작위를 주었다.

왕이 말하길, "내 감히 선왕의 자리를 이어받아 신민들의 위에 있게 되었으나 덕이 야박하고 재능이 짧아 다스림이 모자라오. 선생은 재주를 감추고 지혜를 숨겨 궁벽한 풀밭 늪지에 처한 지 오래이나, 지금 나를 저버리지 않고 마음을 돌이켜 이리 와 주니 이것은 나 혼자의 기쁨과 행복일 뿐 아니라 사직과 백성들의 복이올시다. 가르침을 받고자 하니 그대는 마음을 다해 주오."

파소는 비록 나라에 몸을 바치려 하였으나, 내려진 벼슬자리가 뜻을 이루기에 부족하다고 생각하여 대답하길, "신은 둔하고 굼뜨어, 엄한 명령을 감당할 수 없사오니, 대왕께서 현량한 자를 고관으로 삼아 대업을 이루시기를 바라옵니다." 라고 하였다.

왕이 그 뜻을 알고 이에 국상으로 임명하여 정사를 맡겼다. 이때 조정의 신하들과 왕실 인척들이 파소가 새로 들어와 옛 신하들을 차별한다고 말하며 그의 흠을 잡았다.

왕이 하교하길, "진실로 국상에게 따르지 않는 자가 있다면 귀천을 따지지 않고 일족을 멸하리라!"라고 하였다. 파소가 물러나와 다른 사람에게 말하길, "때를 만나지 못하면 숨고, 때를 만나면 벼슬을 하는 것이 선비로서 떳떳한 일이다. 금상께서 나를 두텁게 대우하시는데 어찌 다시 숨는 것을 생각하겠는가?"라고 하였다. 그러고는 지성으로 나라를 받들고 정치를 밝히며 상벌을 신중히 하니, 인민들이 편안하고 나라 안팎이 무사했다. 왕이 안류를 불러 말하길, "만약 그대의 말이 없었다면 내 파소를 능히 얻어 함께 나라를 다스릴 수 없었을 것이다. 지금 이루어진 모든 것은 다 그대의 공이다."라고 하고 이에 대사자에 임명하였다. 산상왕 7년 가을 8월에 을파소가 죽으니 백성들이 대단히 슬퍼하며 곡을 했다.

이 이야기를 마지막에 들려 드린 것은 두 가지 의미가 있기 때문입니다.

을파소 이야기를 보면서 제가 의미 있게 본 것은 두 대목입니다.

"근자에 벼슬이 총애로써 내려지고 덕 없는 이가 자리에 오르니, 그 독이 백성에게로 흘러 들어가고 우리 왕실은 흔들리게 되었다. 이것은 과인이 밝지 못한 탓이다."

"때를 만나지 못하면 숨고, 때를 만나면 벼슬을 하는 것이 선비로서 떳떳한 일이다. 금상께서 나를 두텁게 대우하시는데 어찌 다시 숨는 것을 생각하겠는가?"

지난 몇 강의 강의를 통해 저는 여러분에게 참다운 사람으로 살아가는 것을 말씀드렸습니다. 그리고 그런 사람이 되기 위해 끊임없이 자신을 반성하고 수양하려 노력해야 한다는 것도 말씀드렸습니다.

앞에서도 말씀드렸듯 저는 이렇게 살지 못하고 있습니다. 이런 말을 여러분들께 전해 드릴 때 매우 흥분하며 비판하지만, 저 또한 그들과 다르지 않을 때가 더 많습니다.

어떻게 이야기를 해도 세상살이라는게 참 어렵습니다. 때로는 어떻게 살아야 할지 모르겠습니다.

다만 제가 알고 있는 것은 세상 모든 것들, 특히 그것이 작든 크든 어떤 조직에서의 문제는 결국 리더의 문제라는 것과, 자신의 역할을 하기 위해서는 때를 참고 기다려야 한다는 것입니다.

그러니 항상 마음을 다하여 행동하는 誠(성)이 필요한 것이겠죠. 누가 알아주기를 기다리는 것은 참 어려운 일입니다. 그러니 그 사람들이 나를 알아볼 수 있도록 겸손하게 드러남을 고민해야 합니다. 생각만으로는 부족합니다. 행동이 없다면 아무 것도 알 수 없습니다.

짧다면 짧고 길다면 긴 이 책을 읽어주셔서 감사합니다.

알고 있습니다.

부족합니다. 더 많은 것들을 채워야 합니다. 더 맑은 시선으로 세상을 볼 줄 알아야 합니다.

다음에 또 다른 기회와 장소, 시간에서 뵙게 된다면, 지금보다는 조금 더 나은 사람이 되어 있도록 하겠습니다. 물론 저도 잘 될지는 모르겠습니다. 그래도 해보겠습니다.

감사합니다.

부록

한자와
한문 학습의 기본

<부록> 한자와 한문 학습의 기본

다음은 한국교육과정평가원의 2007개정교육과정 한문과 교육과정 해설과 EBS에서 출판한 "2012 수능 특강"의 내용을 일부 수정, 개정하여 옮긴 것입니다.

1 한자 필순의 원칙

① 왼쪽에서 오른쪽으로 쓴다.

보기 川(천) → 丿, 丿丨, 川

② 위에서 아래로 쓴다.

보기 三(삼) → 一, 二, 三

③ 가로획과 세로획이 교차될 때에는 가로획을 먼저 쓴다.

보기 十(십) → 一, 十

④ 삐침과 파임이 만날 때에는 삐침을 먼저 쓴다.

보기 人(인) → 丿, 人

⑤ 좌우의 모양이 같을 때에는 가운데를 먼저 쓴다.

보기 小(소) → 亅, 小, 小

⑥ 안과 바깥쪽이 있을 때에는 바깥쪽을 먼저 쓴다.

보기 用(용) → 丿, 冂, 月, 月, 用

⑦ 꿰뚫는 획은 나중에 쓴다.

보기 中(중) → 丨, 冂, 口, 中

⑧ 오른쪽 위의 점은 나중에 찍는다.

보기 犬(견) → 一, ナ, 大, 犬

⑨ '𠃌'획은 먼저 쓰고 '丿'은 나중에 쓴다.

보기 刀(도) → 𠃌, 刀

⑩ 받침은 나중에 쓴다.

보기 近(근) → ㇒, 厂, 斤, 斤, 䜣, 䜣, 近, 近

2 한자의 짜임

(가) 상형(象形)

구체적인 사물의 모양을 본떠서 만든 글자가 '상형자(象形字)'이다 '日(일)'은 해()의 모양을 본떠서 만든 글자였는데, 글자의 모양이 바뀌어 오늘날에는 '日'과 같은 글자로 된 것이다

보기 日(일) :〔 → → 日(해)〕

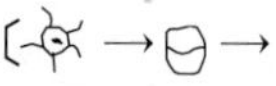

月(월) :〔 → → 月(달)〕

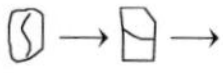

상형자는 시각적인 형태 자체에서 그 문자가 가리키는 사물을 쉽게 짐작할 수 있으며, 그 한자가 가리키는 뜻까지도 알 수 있다 상형자는 한자의 짜임 중에서 가장 기본이 되는 문자이다 그러므로 한자 학습의 초보 단계에 있는 학생들에게 한자 학습의 흥미를 돋우고, 학습 성과의 전이성을 높일 수 있다는 점에서 볼 때, 문자에 대한 지도는 상형자부터 시작하는 것이 좋다.

(나) 지사(指事)

추상적인 생각이나 뜻을 점이나 선으로 나타낸 글자가 '지사자(指事字)'이다 예를 들면, '上'은 '위'라는 뜻을 점과 선으로 나타낸 글자로, 기준선〔一〕 위에 어떤 물체〔 • 〕가 있음을 나타낸 글자〔 〕인데, 뒤에 '上'과 같은 모양으로 바뀌었다 '下'는 '아래'라는 뜻을 점과 선으로 나타낸 글자로, 기준선〔一〕 아래에 어떤 물체〔 • 〕가 있음을 나타낸 글자〔 〕인데, 뒤에 '下'와 같은 모양으로 바뀌었다 이 밖에도 나무의 아래나 위를 뜻하는 점을 찍은 '本' • '末', 칼

의 상형인 '刀'에 날이 있는 부분을 의미하는 점을 찍은 '刃' 등이 있다.

보기 上(상) :〔 ⊥ → ⊥ → 上(위)〕
下(하) :〔 ⊤ → ⊤ → 下(아래)〕

(다) 회의(會意)

이미 만들어진 둘 이상의 글자들을 결합하여 새로운 글자를 만들되, 그 글자들이 지닌 의미에서 추출한 새로운 뜻으로 쓰이는 글자가 '회의자(會意字)'이다 '武'는 창을 상형한 '戈'와 발바닥의 상형으로 '간다'는 뜻을 가진 '止'를 합하여 '정벌하다'라는 새로운 뜻을 만들어 낸 글자이다 '信'은 서 있는 사람의 상형인 '人'과 '言(혀・혓바닥의 상형에 말을 뜻하는 한 획을 더한 지사자라는 설과, 사람 말의 대용으로 쓰인 악기의 상형으로 보는 설이 있는데, 信에서는 '말'의 뜻으로 쓰였다.)'을 더하여 '믿음'이라는 새로운 뜻을 만들어 낸 글자이다 '休'는 사람의 상형인 '人'과 나무의 상형인 '木'을 결합하여 사람이 나무 그늘 아래에서 '쉰다'는 새로운 뜻을 만들어 내었다

보기 戈〔창〕 + 止〔발바닥〕 → 武〔정벌 무〕
人〔사람〕 + 言〔말〕 → 信〔믿을 신〕
人〔사람〕 + 木〔나무〕 → 休〔쉴 휴〕

회의자는 결합된 외형 형태에 있어 기성 문자가 상하, 좌우, 내외 등으로 결합되며, 글자들이 결합된 뜻으로 새로운 뜻을 나타낸다.

(라) 형성(形聲)

이미 만들어진 글자를 결합하여 새로운 뜻을 나타내되, 일부는 뜻〔形〕을 나타내고 일부는 음〔聲〕을 나타내는 글자가 '형성자(形聲字)'이다 '江'은 물의 흐름을 상형한 '氵'와 '工'이 결합하여 이루어진 것인데, '氵'는 '물'과 관련된 뜻을 나타내고, '工'은 발음 부호 역할을 담당하였다 '河'는 물의 흐름을 상형한 '氵'와 '可'가 결합하여 이루어진 것인데, '氵'는 '물'과 관련된 뜻을 나타내고, '可'는 발음 부호 역할을 담당하였다 '頭'는 사람 머리의 상형인 '頁'과 '豆'를 결합하여 이루어진 것인데, '頁'은 사람의 머리와 관련된 뜻을 나타내고, '豆'는 발음 부호 역할을 담당하였다 '聞'은 귀의 상형인 '耳'와 '門'이 결합하여 이루어진 것인데, '耳'는 귀와 관련된 뜻을 나타내고, '門'은 발음 부호 역할을 담당하였다.

보기

氵〔물 수〕 + 工〔장인 공〕 → 江〔물 강〕

… 氵 : '물'이라는 뜻을 취함. 工 : '공'이라는 음을 취함.

氵〔물 수〕 + 可〔가할 가〕 → 河〔물 하〕

… 氵 : '물'이라는 뜻을 취함. 可 : '가'라는 음을 취함.

豆〔콩 두〕 + 頁〔머리 혈〕 → 頭〔머리 두〕

… 豆 : '두'라는 음을 취함. 頁 : '머리'라는 뜻을 취함.

門〔문 문〕 + 耳〔귀 이〕 → 聞〔들을 문〕

… 門 : '문'이라는 음을 취함. 耳 : '귀'라는 뜻을 취함.

형성자는 형(形)과 음(音)의 짜임 학습을 통하여 한자 자체의 음(音)을 짐작할 수 있고, 뜻도 유추할 수 있기 때문에 한자 학습의 흥미와 효과를 기할 수 있는 문자이다 '형성'의 원리에 의하여 이루어진 한자의 짜임은 사물의 모양을 그대로 본뜬 '상형', 점이나 선으로 추상적인 뜻을 나타내 보인 '지사' 등의 방법과는 크게 다른 방법으로, 기성의 한자를 가지고 소리와 뜻을 나타낼 수 있는 한자를 자유롭게 만들어 낼 수 있기 때문에 언어 생활에 필요한 만큼의 숫자에 해당하는 수많은 형성자가 만들어졌으며, 전체 한자의 대부분이 형성자에 속한다.

(마) 전주(轉注)

다른 모양을 가진 글자가 같은 뜻을 지니고 있을 경우, 서로 굴리고〔轉〕끌어 대어〔注〕같은 뜻으로 활용되는 것을 말한다 허신은 '설문해자'에서 전주에 대하여 "建類一首, 同意相受. "라고 정의하였다 그러나 '建類'의 '類'가 무엇인지 매우 모호하게 되어 있기 때문에 이를 편방과 부수로 보는 학파, 글자의 같은 의미로 보는 학파, 쌍성 • 첩운 등 성운학적인 관계를 가진 글자끼리의 관계로 보는 학파로 크게 삼분된다

보기 考 • 老(모양 : '耂(로)'부, 뜻 : 늙다, 소리 : 첩운)

허신은 '考' 자와 '老' 자의 관계를 예로 들었기 때문에 이 두 글자가 모양에 있어서 '耂(로)'부에 들어 가며, 뜻〔義〕에 있어서는 둘 다 '늙다'가 되며, 소리에 있어서는 첩운에 해당된다. 그러므로 이 '類'가 부수를 뜻하는지 의미를 뜻하는지 발음을 뜻하는지 매우 모호하다 그래서 전주를 말할 때에는 이 세 가지 조건을 충족하는 예를 들어 설명하는 것이 원칙이다.

(바) 가차(假借)

가차에는 두 가지 종류가 있다 첫째는 원칙적인 가차이다 나타내고자 하는 의미의 글자가 없을 때 기존의 글자의 발음만 빌려 쓰는 것이다 둘째는 변칙적인 가차이다 나타내고자 하는 의미의 글자가 있음에도 불구하고 발음이 같은 다른 글자를 빌려 쓰는 것이다 의성어(擬聲語)나 의태어(擬態語)의 표기에도 널리 쓰였다 뒷날에는 외래어 표기법에 많이 사용되었다.

보기 自然(自는 코의 상형으로 본뜻은 '코'였고, 然은 개고기를 태운다는 뜻에서 추출한 '태우다'가 본뜻이었다.)

有無의 無(無는 원래 舞具를 들고 춤추는 사람의 상형으로, 본뜻은 '춤'이었다.)

氣力의 氣(氣의 본뜻은 '손님에게 양식을 대접하다.'인데 气(기운 기) 대신 쓰였다.)

亞細亞(아세아) : Asia

佛陀(불타) : Buddha

丁丁(정정) : 도끼로 나무 찍는 소리

3. 부수

(가) 부수의 의미와 활용

'부수(部首)'란 자전에서 한자를 찾는 데 필요한 기본 글자로 자전에서 자형을 중심으로 한자를 정리 • 분류 • 배열할 때 뜻을 나타내는 부분의 공통된 한자를 말한다 자전에서는 이를 색인의 대표로 삼는다 우리나라에서는 중국 청나라 때 발간된 『康熙字典(강희자전)』에서 이용한 214부수를 이용하고 있다 ☞부록 『한문교육용 기초한자일람표』참고.

(나) 부수의 위치에 따른 이름

부수는 그 위치에 따라서 부르는 명칭이 있다 변, 방, 머리, 발, 받침, 엄호, 몸 등으로 사용된다.

제부수 : 一(일), 水(수), 木(목), 馬(마), 庸(용) 등과 같이 그 글자가 자체적으로 부수가 될 때는 제부수라한다.

(다) 모양이 달라지는 부수

부수로 사용되는 214개의 한자 중에는 어떤 위치에 있느냐에 따라 모양이 변하는 글자들이 있다 이 변형된 모양을 잘 모르면 한자를 검색하기 어려우므로, 반드시 익혀야 한다

원래 모양	변형	예	원래 모양	변형	예	원래 모양	변형	예
乙	乚	亂	人	亻	仙	刀	刂	創
卩	㔾	危	巛	川	州	彐	⺕	彗
手	扌	掠	邑	阝	郵	阜	阝	陽
犬	犭	狀	攴	攵	效	无	旡	既
火	灬	然	辵	辶	道	艸	艹	草
老	耂	者	玉	王	珍	示	礻	祿
肉	月	胡	衣	衤	初	臼	𦥑	舉
足	𧾷	路	長	镸	肆	食	飠	館

원래 모양	변형모양	예	변형모양	예
心	忄	快	㣺	慕
水	氵	流	氺	泰
羊	𦍌	羚	𦍌	美
网	罒	羅	㓁	罕

4. 모양이 비슷한 한자

⇒ 佳(가)아름답다 - 往(왕)가다 - 住(주)살다

⇒ 各(각)각각 - 名(명)이름

⇒ 干(간)방패 - 千(천)일천 - 于(우)어조사

⇒ 看(간)보다 - 着(착)입다

⇒ 甲(갑)갑옷 - 申(신)말하다

⇒ 客(객)손님 - 容(용)얼굴

⇒ 巨(거)크다 - 臣(신)신하

⇒ 犬(견)개 - 大(대)크다 - 太(태)크다

⇒ 季(계)사철, 철 - 秀(수)빼어나다 - 委(위)맡기다

⇒ 苦(고)쓰다 - 若(약)만약, 같다

⇒ 困(곤)곤하다 - 囚(수)가두다 - 因(인)인하다

⇒官(관)벼슬 - 宮(궁)궁궐

⇒丘(구)언덕 - 兵(병)군사

⇒勸(권)권하다 - 歡(환)기쁘다

⇒今(금)이제 - 令(령)명령

⇒己(기)몸 - 已(이)이미 - 巳(사)뱀

⇒老(노)늙다 - 考(고)생각하다 - 孝(효)효도

⇒待(대)기다리다 - 侍(시)모시다

⇒島(도)섬 - 烏(오)까마귀 - 鳥(조)새

⇒徒(도)무리 - 徙(사)옮기다 - 從(종)좇다

⇒獨(독)홀로 - 燭(촉)촛불 - 濁(탁)흐리다

⇒童(동)아이 - 重(중)무겁다

⇒旅(려)나그네 - 族(족)겨레

⇒末(말)끝 - 未(미)아니다

⇒眠(면)잠자다 - 眼(안)눈

⇒冒(모)무릅쓰다 - 胃(위)밥통 - 胄(주)투구

⇒戊(무)천간 - 戌(술)지지

⇒飯(반)밥 - 飮(음)마시다

⇒夫(부)지아비 - 失(실)잃다 - 矢(시)화살

- 天(천)하늘

⇒ 北(북)북녘 - 比(비)견주다 - 此(차)이
⇒ 氷(빙)얼음 - 水(수)물 - 永(영)길다
⇒ 思(사)생각 - 恩(은)은혜
⇒ 書(서)책 - 晝(주)낮 - 畵(화)그림
⇒ 惜(석)애석하다 - 借(차)빌리다
⇒ 設(설)베풀다 - 說(설)말씀
⇒ 帥(수)장수 - 師(사)스승
⇒ 深(심)깊다 - 探(탐)찾다
⇒ 亦(역)또한 - 赤(적)붉다
⇒ 午(오)낮 - 牛(우)소
⇒ 玉(옥)구슬 - 王(왕)임금
⇒ 又(우)또 - 叉(차)갈래
⇒ 人(인)사람 - 入(입)들다 - 八(팔)여덟
⇒ 日(일)날, 해 - 曰(왈)가로다
⇒ 材(재)재목 - 村(촌)마을
⇒ 弟(제)아우 - 第(제)차례
⇒ 土(토)흙 - 士(사)선비
⇒ 閉(폐)닫다 - 閑(한)한가하다
⇒ 刑(형)형벌 - 形(형)모양

5. 음이나 뜻이 틀리기 쉬운 한자

⇒ 車 ①[거] 수레 自轉車(자전거) ②[차] 수레 自動車(자동차)

⇒ 降 ①[강] 내리다 降雨量(강우량) ②[항] 항복하다 降伏(항복)

⇒ 見 ①[견] 보다 見學(견학) ②[현] 드러나다 謁見(알현)

⇒ 更 ①[갱] 다시 갱 更生(갱생) ②[경] 고치다 (更新)경신
③[경] 시간 三更(삼경)

⇒ 龜 ①[귀] 거북 龜船(귀선) ②[균] 터지다 龜裂(균열)
③[구] 땅이름 龜旨歌(구지가)

⇒ 丹 ①[단] 붉다 一片丹心(일편단심) ②[란] 꽃이름 牡丹(모란)

⇒ 度 ①[도] 법도 制度(제도) ②[탁] 헤아리다 度地(탁지)

⇒ 茶 ①[다] 차 茶道(다도) ②[차] 차 綠茶(녹차)

⇒ 讀 ①[독] 읽다 讀書(독서) ②[두] 구절 句讀點(구두점)

⇒ 洞 ①[동] 마을 洞長(동장) ②[통] 통하다 洞察(통찰)

⇒ 樂 ①[락] 즐겁다 娛樂(오락) ②[요] 좋아하다 樂山樂水(요산요수)
③[악] 음악 音樂(음악)

⇒ 覆 ①[복] 덮다 覆蓋(복개) ②[부] 덮다 天覆(천부)

⇒ 復 ①[복] 회복하다 光復(광복) ②[부] 다시 復活(부활)

⇒ 北 ①[북] 북녘 北上(북상) ②[배] 달아나다 敗北(패배)

⇒ 殺 ①[살] 죽이다 殺人(살인) ②[쇄] 심하다 惱殺(뇌쇄)

⇒ 狀 ①[상] 형상 狀態(상태) ②[장] 문서 賞狀(상장)

⇒ 塞 ①[색] 막히다 拔本塞源(발본색원) ②[새] 변방 要塞(요새)

⇒ 索 ①[색] 찾다 索引(색인) ②[삭] 삭막하다 索莫(삭막)

⇒ 說 ①[설] 말씀 설 說明(설명) ②[세] 유세하다 遊說(유세)
③[열] 기쁘다 不亦說乎(불역열호)

⇒ 省 ①[성] 살피다 反省(반성) ②[생] 줄이다 省略(생략)

⇒ 數 ①[수] 셈 數學 ②[촉] 빽빽하다 ③[삭] 자주

⇒ 宿 ①[숙] 자다 宿所(숙소) ②[수] 별자리 二十八宿 (이십팔수)

⇒ 食 ①[식] 먹다 飮食(음식) ②[사] 밥 簞食(단사)

⇒ 識 ①[식] 알다 知識(지식) ②[지] 기록하다 標識(표지)

⇒ 惡 ①[악] 악하다 善惡(선악) ②[오] 미워하다 憎惡(증오)

⇒ 易 ①[역] 바꾸다 貿易(무역) ②[이] 쉽다 容易(용이)

⇒ 率 ①[률] 비율 能率(능률) ②[솔] 거느리다 統率(통솔)

⇒ 咽 ①[인] 목구멍 咽喉(인후) ②[열] 목메다 嗚咽(오열)

⇒ 炙 ①[자] 굽다 膾炙(회자) ②[적] 굽다 炙鐵(적철)

⇒ 刺 ①[자] 찌르다 刺客(자객) ②[척] 찌르다 刺殺(척살)
③[라] 수라 水刺(수라)

⇒ 著 ①[저] 짓다 著述(저술) ②[착] 붙다 附著(부착)

⇒ 切 ①[절] 끊다 切斷(절단) ②[체] 모두 一切(일체)

⇒ 辰 ①[진] 별. 용甲辰(갑진) ②[신] 나다 生辰(생신)

⇒ 徵 ①[징] 부르다 徵求(징구) ②[치] 음이름 宮商角徵羽(궁상각치우)

⇒ 拓 ①[척] 넓히다 開拓(개척) ②[탁] 박다 拓本(탁본)

⇒ 推 ①[추] 밀다 推薦(추천) ②[퇴] 밀다 推敲(퇴고)

⇒ 則 ①[칙] 법 規則(규칙) ②[즉] 곧 然則(연즉)

⇒ 沈 ①[침] 가라앉다 浮沈(부침) ②[심] 성씨 沈清傳(심청전)

⇒ 糖 ①[탕] 사탕 탕 雪糖(설탕) ②[당] 엿 血糖(혈당)

⇒ 便 ①[편] 편하다 便利(편리) ②[변] 오줌 便所(변소)

⇒ 暴 ①[폭] 사납다 暴動(폭동) ②[포] 사납다 暴惡(포악)

⇒ 行 ①[행] 가다 行方(행방) ②[행] 가게 銀行(은행)

③[항] 항렬 行列(항렬)

⇒ 滑 ①[활] 미끄러지다 滑走路(활주로) ②[골] 익살스럽다 滑稽(골계)

6. 한자어의 짜임

(가) 주술 관계(主述關係)

주어와 서술어 관계로 짜여진 한자어로, 서술어는 행위, 동작, 상태

등을 나타내고, 주어는 그 주체가 된다 '~가 ~함', '~이 ~함'의 관계로 성립되기 때문에 주어를 먼저 새기고, 서술어는 나중에 새긴다.

보기 日出 :해가 뜸.
年少 : 나이가 젊음.

(나) 술목 관계(述目關係)

서술어와 목적어 관계로 짜여진 한자어로, 서술어는 행위나 동작을 나타내고, 목적어는 그 대상이 된다 '~를 ~함', '~을 ~함'의 관계로 성립되기 때문에 목적어를 먼저 새기고, 서술어를 나중에 새긴다 '술목 관계'의 한자어는 어순이 우리말과는 다르다.

보기 卒業 : 학업을 마침.
修身 : 몸을 닦음.

(다) 술보 관계(述補關係)

서술어와 보어 관계로 짜여진 한자어로, 서술어는 행위나 동작을 나타내고, 보어는 서술어를 도와 부족한 뜻을 완전하게 해 준다 '~이(가) ~함', '~에 ~함'의 관계로 성립되기 때문에 보어를 먼저 새기고, 서술어를 나중에 새긴다 술보 관계의 한자어도 그 어순이 우리말과는 다르다 술보 관계의 지도에서 유의할 점은 '보어'라는 용어가 뜻하는 바가 한국어나 영어의 경우와는 다르다는 점이다 이 점을 학생들이 인식하여 혼란을 일으키지 않도록 하는 것이 중요하다.

보기 有罪 : 죄가 있음.
無限 : 한이 없음.

(라) 수식 관계(修飾關係)

수식어와 피수식어의 관계로 짜여진 것으로, 수식어에는 명사류를 수식하는 것과 동사류를 수식하는 것이 있다.

보기 靑山 : 푸른 산(명사류를 수식)
必勝 : 반드시 이김. (동사류를 수식)

(마) 병렬 관계(竝列關係)

같은 성분의 한자끼리 나란히 병렬되어 짜여진 관계를 말한다 이에는 서로 상대 되는 의미를 가진 한자가 나란히 놓여 이루어진 경우와, 서로 비슷한 의미를 가진 한자가 나란히 놓여 이루어진 경우가 있다.

보기 興亡 : 흥하고 망함. (서로 상대 되는 의미)

困難 : 어려움(서로 비슷한 의미)

7. 한문의 기본 허사

(가) 전치사

1) 於 • 于 • 乎

명사류 앞에 놓여서 '전치사+명사류'의 구조를 이루어, '~에, ~에서, ~에는, ~에게, ~보다' 등의 뜻으로 쓰여 '처소 • 대상 • 시간 • 원인 • 비교' 등을 나타낸다 주로 서술어 뒤에 위치하여 보어를 이끈다.

보기

月出於東天, 日落於西山(달은 동쪽 하늘에서 뜨고, 해는 서쪽 산으로 진다.)

霜葉紅於二月花(서리 맞은 잎이 이월에 피는 꽃보다 더 붉다.)

吾十有五而志于學(나는 열다섯 살에 배움에 뜻을 두었다.)

義莫大于君臣(의리는 군신의 관계보다 더 큰 것이 없다.)

光陰速乎矢(세월은 화살보다 더 빠르다.)

國之語音, 異乎中國(나라 말씀이 중국과 다르다.)

2) 以

'以 + 명사류'의 구조로 주로 서술어 앞에 위치하여 서술어를 한정하는 부사어 구실을 하며, '~으로써, ~을 가지고, ~에 의하여, ~ 때문에' 등의 뜻으로 쓰여서 '도구 • 자료 • 방법 • 원인 • 시간 • 자격' 등을 나타낸다

보기 君使臣以禮(임금은 예로써 신하를 부린다.)

不以成功自滿(성공으로 인하여 자만하지 말라.)

王待吾以國師(왕이 나를 국사로 대우하다.)

弟以其一與兄(아우가 그 중의 하나를 형에게 주다.)

以十月祭天(시월에 하늘에 제사를 지내다.)

殺身以成仁(자신을 희생하여 인을 이루다.)

人以舊爲好(사람은 오래 사귄 사람을 좋게 여기다.)

3) 自 • 由 • 從

본래는 각각 '스스로', '말미암아', '좇다'의 뜻으로 쓰이는 부사나 동사인데, 전치사로 전성되어 쓰일 때에는 동작의 기점(起點)을 나타내기도 한다 주로 '전치사 + 명사류'의 구조로 서술어 앞에 위치하여 서술어를 한정하는 부사어로 '~로부터', '~에서'로 새긴다.

보기

自初至終(처음부터 끝까지)

自天而降乎, 從地而出乎(하늘에서 내려왔는가, 땅에서 솟았는가?)

病從口入, 禍從口出(병은 입으로부터 들어오고, 화는 입으로부터 나온다.)

福由己發, 禍由己生(복은 자기에게서 나오고, 재앙은 자기에게서 나온다.)

(나) 접속사

1) 且 • 與 • 及

어구와 어구, 문장과 문장을 접속시키며, '~와, ~하고' 등의 뜻으로 쓰인다.

보기

重且大(중하고도 크다.)

夫地非不廣且大也(저 땅이 넓고 크지 않은 것이 아니다.)

富與貴, 是人之所欲也(부와 귀, 이것은 사람이 바라는 것이다.)

2) 而

어구와 어구, 문장과 문장을 이어 서로 긴밀하게 해 주며, 순접일 때에는 '~(해)서, ~(하)고'로, 역접일 때에는 '~(하)나, ~(하)되, ~(하)지만'으로 풀이한다.

보기

登高山而望四海(높은 산에 올라서 천하를 바라본다.)

盡人事而待天命(인사를 다하고서 천명을 기다리다.)

良藥苦於口而利於病(좋은 약은 입에 쓰나 병 치료에는 이롭다.)

千人所指, 無病而死(많은 사람에게 손가락질을 당하면 병이 없이도 죽는다.)

3) 則

조건을 나타내는 접속사로서 '~이면, ~하면'으로 풀이한다 가정 부사와 호응되기도 한다.

보기

家貧則思良妻(집이 가난하면 어진 아내를 생각한다.)

見小利則大事不成(작은 이익을 따지다 보면 큰 일은 이루지 못한다.)

(다) 종결 어기사

1) 也 • 矣 • 也已(단정)

단정, 결정의 뜻을 나타내는 종결 어기사로 '~(하)다, ~(이)다' 등으로 풀이한다.

보기

孝百行之源也(효도는 모든 행동의 근원이다.)

朝聞道, 夕死可矣(아침에 도를 깨달으면 저녁에 죽더라도 좋을 것이다.)

可謂好學也已(배움을 좋아한다고 말할 수 있다.)

2) 已 • 而已 • 而已矣 • 耳(한정)

화자의 생각을 한정지어 나타내는 한정 어기사로 '~일 뿐이다', '~일 따름이다' 등으로 풀이한다 한정의 뜻을 가진 부사와 호응되기도 한다.

보기

王之所大欲可知已(왕이 크게 하고자 하는 바를 알 수 있을 뿐이다.)

書足以記名姓而已(글은 성명을 쓸 줄 아는 것으로 충분할 뿐이다.)

泰伯, 其可謂至德也已矣(태백은 지극히 덕이 높은 사람이라고 말할 수 있을 뿐이다.)

唯在立志如何耳(오직 뜻을 세움이 어떠한가에 달려 있을 따름이다.)

3) 也 • 乎 • 與 • 哉(의문, 반어)

의문이나 반어의 뜻을 나타내는 어기사로 '~인가, ~하는가, ~겠는가' 등으로 풀이한다 대체로 의문 부사와 호응 관계를 이룬다.

보기

當今之世, 舍我其誰也(지금 이 세상에서 나를 빼놓고 누구이겠는가?)

學而時習之, 不亦說乎(배우고 때로 익히면 또한 기쁘지 않겠는가?)

是誰之過與(이것이 누구의 잘못인가?)

豈可他求哉(어찌 다른 데에서 구할 수 있겠는가?)

4) 哉・乎・夫・矣・也(감탄)

화자의 감탄을 나타내는 어기사로 '~(로)다, ~(하)구나' 등으로 풀이한다 감탄사와 호응되기도 하며, 문장의 도치를 이루는 경우가 많다.

보기

善哉 言乎(훌륭하도다! 말씀이여.)

嗚呼 痛哉(아아! 슬프도다.)

甚矣 吾衰也(심하구나! 나의 쇠함이여.)

逝者如斯夫! 不舍晝夜(가는 것이 이와 같구나! 밤낮을 쉬지 않음이여.)

(라) 기타의 허자

1) 之

동사나 대명사로 쓰이기도 하지만, '수식어+之+피수식어'의 구조에서는 관형격 어기사로 쓰여 '~의, ~하는'으로 풀이하고, '주어+之+서술어'의 구조에서는 주격 어기사로 쓰여 '~이, ~가' 등으로 풀이하고, '목적어+之+서술어+보어'인 경우는 목적격 어기사로 쓰여 '~을(를)' 등으로 풀이한다

보기

子不談父之過(자식은 부모의 허물을 말하지 않는 법이다.)

鳥之將死, 其鳴也哀(새가 죽으려 할 때 그 울음소리가 슬프다.)

修道之謂教(도를 닦는 것을 교라 한다.)

2) 其

'其+명사류'의 구조일 때에는 '그의'의 뜻으로 관형사로 쓰이고, '其+동사류'의 구조일 때에는 '그가, 그것이'의 뜻으로 대명사로 쓰인다.

보기

不知其人, 視其友(그 사람을 알지 못하거든 그의 친구를 보라.)

其聞道也, 固先乎吾(그가 도를 들음이 진실로 나보다 앞서다.)

3) 所

'所+수식어'의 구조로 '~하는 바, ~하는 것'의 뜻을 나타낸다.

보기

幼而不學, 老無所知(어려서 배우지 않으면 늙어서 아는 것이 없다.)

人之所惡者, 吾亦惡之(사람이 싫어하는 것을 나도 또한 싫어한다.)

4) 者

'수식어+者'의 구조로 '~하는 사람(일, 것)'의 뜻을 나타낸다.

보기

智者, 有所不能(지혜로운 사람도 할 수 없는 바가 있다.)

仁者人也, 義者宜也(인이라는 것은 사람다움이요, 의리라는 것은 마땅함이다.)

허철 許喆

전 경성대학교 한국한자연구소 HK교수.

성균관대학교에서 한문교육전공으로 학사와 석사를, 중국 북경사범대학에서 「고금 한국 한자 사용 분석 연구」로 한자학 박사 학위를 받았다. 한국의 한자학, 한자교육, 한문교육 관련 연구와 디지털 동아시아 고전학 관련 연구 등에 집중하고 있다.

2024년 현재까지 한국연구재단 등재지에 56편의 관련 논문을 게재하였으며, 5권의 전문서적과 번역서를 개인과 공동으로 출판하였고, 총 18개의 국가연구과제에 연구책임자와 공동연구원으로 참여한 바 있다.

이선희 李善熙

경성대학교 한국한자연구소, HK연구교수.

중국 헤이룽장대학에서 「한중 어휘의 인지의미 대조 연구」로 박사 학위를 받았다. 언어, 문화, 인지의 상관성에 관심을 갖고 인지언어학적 관점에서 한중 언어의 보편적 특성 및 개별적 차이를 탐구하고 있다. 주요 연구 성과로는 「한자와 중국고대사」(공저, 역락, 2023), 「바다동물, 어휘 속에 담긴 역사와 문화」(공저, 따비, 2023), 「중국 청동기 한자 의미 분석」(공저, 『중국어문논총』116, 2024), 「현대 중국어 신체동사 '走', '跑', '跳'의 개념화 양상 연구」(『중국어문논총』112, 2023) 등이 있다.

경성대학교 한국한자연구소 한자학 교양총서 09

한자로 읽는 동양고전-推己及人

초판1쇄 인쇄 2024년 6월 18일
초판1쇄 발행 2024년 6월 28일

지은이 허철 이선희
펴낸이 이대현
편집 이태곤 권분옥 임애정 강윤경
디자인 안혜진 최선주 강보민
마케팅 박태훈 한주영

펴낸곳 도서출판 역락
출판등록 1999년 4월 19일 제303-2002-000014호
주소 서울시 서초구 동광로 46길 6-6 문창빌딩 2층 (우06589)
전화 02-3409-2060
팩스 02-3409-2059
홈페이지 www.youkrackbooks.com
이메일 youkrack@hanmail.net

ISBN 979-11-6742-724-3 04800
ISBN 979-11-6742-569-0 04080(세트)